JN076525

大好き、一緒に住もうよ
Yuyu Aoi
葵居ゆゆ

CHARADE BUNKO

Illustration

八千代ハル

CONTENTS

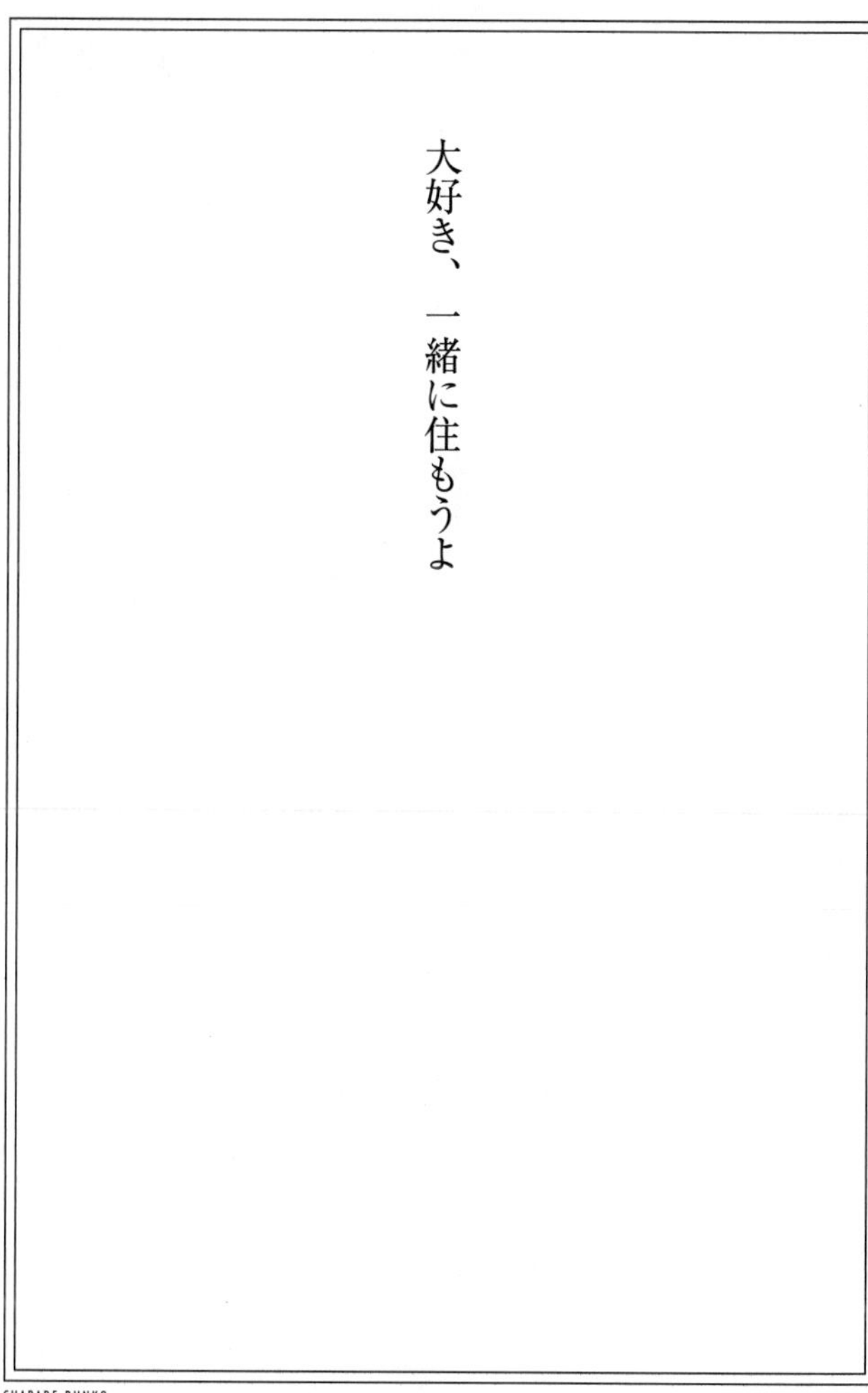

大好き、一緒に住もうよ

CHARADE BUNKO

ぺしゃんこに潰れたボールを膨らませるように、栄恵希央は深呼吸した。

案内された居酒屋の個室は障子戸で仕切られていて、中にはすでに清太たちがいるようだった。七か月ぶりに会う友達に心配されるわけにはいかないと、頬もぺちぺち叩いて気合いを入れてから、希央はことさら元気よく戸を開けた。

「やっほー！　久しぶり清太、日向！」

満面の笑みで声を張りあげ、片手を戸にかけたまま、希央は固まった。

予想よりずっと広い個室の中にいたのは、土屋清太と釘原日向だけではなかった。一学年上の住吉をはじめ、先輩たちが数人。後輩が二人。上座側の誕生日席には二学年上だった志摩麻衣子が座っていて、彼女は嬉しそうに「おっ」と笑った。

「いらっしゃい栄恵。今日はありがとね」

「……お久しぶりです、麻衣子先輩」

反射的に笑い返し、希央は首をめぐらせてすぐ近くに座っている清太を見た。「ここ来いよ」と自分の横を叩いた彼は、希央を頭からつま先まで眺め回した。

「遅かったな。……大丈夫か？」

「大丈夫じゃないよ。なんでみんないるの？　僕、清太と日向と、三人で飲むんだと思ってた」

後ろ手に障子を閉め、清太と日向のあいだに座りながらこそっと囁くと、日向がおしぼりを手渡してくれた。

「今日は麻衣子先輩の送別会だよ」

「俺言わなかったか？　先輩、海外に行くんだそうだ。アメリカで映画関係の仕事するっていうから、みんなで激励して送り出そうってことになってな」

清太は悠然と言い放つ。希央は長いローテーブルを囲んだ面々を見渡した。麻衣子先輩も、ほかの先輩後輩も、希央が大学で所属していた映画愛好研究会、略して映愛研のメンバーだ。ということは、あの人たちも参加するのではないだろうか。

やっぱり来なければよかった、と後悔するのと同時に、障子戸が開いた。

メガネをかけた理知的な風貌の王子谷翔平。長めの髪が似合う儚げな宮城莉輝。

高瀬琉生は最後に入ってきた。祖父がドイツ人だという彼の目立つ容姿に、あちこちから歓声があがる。高瀬先輩、と誰かが弾んだ声で呼び、高瀬は愛想のいい笑みを浮かべた。

「みんな揃ってるな。元気だった？」

独特の艶を帯びた甘い声に、一同がざわめく。希央もぼうっと彼を見上げた。会うのは一年半ぶりくらいだ。明るい髪色と癖がなく整った顔立ちも、そこに浮かぶ親しげな表情も変わらずに眩しいが、社会人らしい大人っぽさを備えたようにも感じられた。黒のジャケットと下に着た華やかな柄のシャツが、均整の取れた長身によく似合っている。笑顔で座を見回した高瀬は、入り口のすぐそばに座った希央を見つけると、ふと眉をひそめた。

希央は慌てて背を向け、斜めがけにしていた鞄を外した。さも中身を探すようにいじり回す背後で、麻衣子が「一緒に来たんだ」とからかうように言った。

「相変わらず仲良しだねえ、あんたたち。高瀬と宮城はともかく、王子谷は映愛研でもないのにさ」

「おまえとも友達だからな。送別会くらい、顔は出す」

落ち着いた声は王子谷のものだ。どうだか、と麻衣子がわざとらしく意地悪そうに言う。

「恋人と一緒にいたいだけじゃないのー？」

「日向は関係ない。わざわざ飲み会に来なくても一緒にいられる」

「やだ、人の送別会で惚気ないでよね」

不機嫌を装いつつ、麻衣子は楽しそうだ。鞄を凝視した希央の視界の隅で、王子谷が一番端、麻衣子の真向かいで日向の左隣に陣取るのが見えた。二人は大学時代からの恋人同士なのだ。

「高瀬先輩たちは上座にどうぞ。希央、奥に行けば？」

「あ、うん」

清太に言われ、ほっとして腰を浮かせると、肩にぐっと圧がかかった。

「清太は幹事だろ、麻衣子の隣にいなよ。おれはここでいい。希央も、座ってな」

胸がねじれたみたいに痛んだ。手で押さえられた肩が燃えるようで、自分でも驚く。失恋してもう四年半は経つのに、まだこんなに心がざわつくなんて。

希央はへらりと笑顔を作って、高瀬を振り返った。

「大丈夫ですよー。僕、どきますから宮城先輩と並んでください。……あ、こういう場合、先輩たちに奥に座ってもらったほうがいいですよね？」

「いいよ希央くん。ぼくが向こうに座る」

宮城が髪を揺らして微笑み、テーブルを回り込んでちょうど高瀬の向かいに座った。清太は麻衣子のほうへ移動し、高瀬は希央の隣に陣取ってしまう。いたたまれなかったが、隣同士じゃなくて顔が見える位置に座りたかったのかもしれない、と気がついて、希央はおとなしく座り直した。

（高瀬先輩たち、まだつきあってるんだ）

宮城は相変わらずの美貌だった。声をかけられた先輩後輩たちは、みんな赤くなっている。宮城は在学中から、陰のある色っぽさと美貌で有名だったのだ。

そうして、そんな宮城といつも一緒にいたのが高瀬だった。常に宮城を気遣っているため、二人は恋愛関係なのだともっぱらの噂だった。

社会人になって一緒にいられる時間は減っただろうに、連れ立って姿を現したのだから、今も親密に違いない。割り込む余地のない、映画みたいにお似合いの二人。

わずかな胸の疼きとともに、素敵だなあ、と希央はため息をついた。一抹の寂しさはあるが、自分には縁のない特別な恋は、眺めているだけでも幸せな気分になれる。それに、大切な相手がいる高瀬は希央など眼中にない。絶対に叶わない恋ならば、打ち明けずにいるかぎり、好きでいてもかまわないのがありがたかった。

（まさか、久しぶりに会ってもここまでどきどきするとは思わなかったけど……）

高瀬が卒業してから一年半以上のあいだ、常に会いたいとか恋しいとか思っていたわけじゃない。だから自分の中での片思いも終わったのだとばかり思っていた。なのに、顔を見て声を聞いたら、まるでずっと想っていたみたいにどきどきしてしまう。

お仕事の帰りですかとか最近はどうとか、なごやかな雑談を笑って聞きつつ、希央は熱い耳を引っ張った。たぶん顔も赤いだろう。高瀬は気にもとめないとわかっていても、隣に座る彼のほうはとても見られなかった。落ち着かないと失敗しそうで、ビールの瓶を手にして立ち上がる。

「僕、お酌してきますね」

誰にともなくそう告げて、麻衣子のところまで移動する。彼女のグラスになみなみとビールを注ぐと、「乾杯するか」と清太が腰を上げた。

「えー、皆様今日は麻衣子先輩のために集まっていただきありがとうございます。映愛研じゃなかった王子谷先輩とか、本来ならかぶってない後輩たちまで集まってくれたのは、ひとえに麻衣子先輩のお人柄ですね。アメリカでもきっと、あっというまにみんなに愛されると思います。元会長の新しい門出を祝って、乾杯！」

乾杯、と希央も大きな声を出した。麻衣子は気持ちのいい飲みっぷりでグラスを空にし、長くなった髪をかき上げた。

「照れるけど、こういうのも嬉しいもんだねえ」

希央はもう一度彼女のグラスにビールを注いだ。場はわいわいと賑（にぎ）やかになって、近くに座った一学年上の先輩たちが、麻衣子に話しかけはじめる。希央はぐっとビールをあおった。楽しく場を盛り上げるには、酔ってしまったほうが早い。なるべく明るく、みんなの記憶に残らない程度にはしゃいですませたかった。希央は今日、自分に活を入れ、気分を一新して、この数か月陥っていただめな生活から抜け出したくて来たのだから。

（清太たちと三人じゃなくて、かえってよかったかも）

お互いに近況を報告することになるだろうと、重くならない程度に打ち明ける決心をしてきたけれど、仲がいい友人同士だと、突っ込んで質問されてしまったかもしれない。だが、飲み会の目的が麻衣子の送別会で、先輩や後輩が入りまじって大人数なら、希央の話を敢（あ）えて聞きたがる人はいない。

もし聞かれたら適度に流そうと決め、手近な瓶からビールを注ぐ。何本か空になったのを確かめて戸口側に置こうと振り返ると、誰かが瓶を取り上げた。

「あ、ごめんねありがとう――」

後輩だろうとお礼を言いかけ、希央はびくっとしてしまった。

ビール瓶を取り上げたのは高瀬だった。障子を開けて外の上がり框に置き、希央の隣に腰を下ろした彼は、珍しく笑っていなかった。小皿にサラダと卵焼きを取り分けて、希央の前に置く。

「食べて。アルコールはもう飲まないほうがいいよ。烏龍茶、ホットにできるっていうから、頼んでおいた」

すらりと長い指が希央の前髪を横に払う。

「顔色、よくない」

「……あー、昨日、配信映画観てて夜更かししちゃったんです」

きゅうっと喉の奥がつまって、咄嗟に笑ってごまかした。

「なんともないですよぅ。今日は久しぶりにいっぱい飲もうと思って来たし。高瀬先輩はビールでいいですか？　ワインか酎ハイ追加しましょうか。あっ、宮城先輩もこっちに呼びます？　麻衣子先輩と話したいですよね、僕どきます」

「宮城は住吉たちと話してるよ。あいつのことはいいから、希央はおとなしく食べて」

「ちゃんと食べてますってば。でも、ありがとうございます」

あまり固辞するのも申し訳なくて、希央はサラダのレタスを箸でつまんだ。高瀬はじっとこちらを見ていて、ひどく居心地が悪かった。なんとか注意を逸らそうと、麻衣子に話しかける。

「先輩がアメリカ行っちゃうって、今日初めて知りました。びっくりしましたよー」

「実は前から行きたいと思っててさ。二回渡米して、やっと働けるとこ見つけたんだ」

麻衣子は照れくさそうに、けれど誇らしげに「頑張ってくる」と言った。グラスがまた空になり、希央はすばやく注いだ。ありがと、と言いながら彼女は近くの面々を見渡す。

「みんなはどう？　土屋たちは社会人生活慣れてきた？」

「俺は環境の変化とか強いんで、まあ普通です。時間ないのが大変ですけど」

清太はさっさと日本酒に手をつけている。仕事はなに系？　と聞かれて一応メディア関係ですよと答えるのを聞きながらビールを飲もうとすると、高瀬が「こっち」とカップを手渡してきた。ホットの烏龍茶だ。希央は手と首を両方振った。

「大丈夫ですってば！　久しぶりだもん、お酒飲みたいんです」

「――じゃあ、あと一杯だけだよ」

ため息をつき、高瀬がグラスに半分だけビールを入れてくれた。ちょうど麻衣子が「栄恵は？」と振ってきて、希央はさっとグラスを掲げた。

「わたくし栄恵希央、新卒で入社した会社は三か月もしないで辞めました！」

「ええっ、希央、辞めちゃったの？」

大声に、離れた場所にいる日向が目を丸くして叫び、希央は得意げに胸を張ってみせた。

「だって上司があんまりにもひどかったから！　人間逃げるのも大事だなって思って、すっぱりきっぱり辞めました！」

「じゃあ今は？」

高瀬はさっきよりも眉根に皺を寄せていた。希央はビールを飲み干して笑った。

「バイトしてますよ、さすがにのんびり無職ってわけにはいかないので。フードデリバリーやってて、オフィス街はよく行くから、先輩たちも頼んでくれたら僕がお届けに行くかもですよー」

一学年上の先輩たちにも笑顔を振りまいて、希央は「けっこう楽しいんです」とつけ加えた。

「配達するのに、店にも頼んだお客さんのとこにも行くじゃないですか。いろんな人がいるし、デリバリー専門の店だと狭いアパートの部屋で料理作ってたりするんです。社会勉強？　ていうか、ドキュメンタリー映画みたいで」

それは嘘ではなく、働きに出れば興味深いと思うことはたくさんある。ただ、働けない日のほうが多い、というだけだった。

仕事どころか、買い物にさえ行けなくて、ベッドから起き上がる気力もなくて、一日寝て過ごしてしまう日もある。ひどいときは一週間アパートの部屋から出られずに、希央をぺしゃんこの気持ちにした。子供のころテレビで見た、ハンマーで潰されるゴミになった気分だ。出来の悪いケーキとか、用ずみになった車とか、ああいう「役立たず」に自分がなったようで悲しいのに、かといって頑張ることもできない、どん底の感じ。

ぐっと胸が潰れる錯覚がして、希央は清太の手元からお猪口を奪った。口をつけると、甘くて痛いアルコールが喉を焼く。胃が熱い。無視して一気に飲み干して、笑って宮城へと目を向けた。

「そういえば、宮城先輩ってどんなお仕事でしたっけ？」

宮城はやや困ったように首をかたむける。

「僕は出版社だよ。もともとは音楽雑誌メインだった会社で、今はＷＥＢとか電子雑誌とかやってて、そこで編集兼ライターをしてる」

「わぁ、仕事もかっこいいんですね！」

宮城に話題を振れば、同じ学年だった住吉たちが盛り上がる。そう踏んだとおり彼の周りが賑やかになって、希央はほっとして目の前の唐揚げを取り分けた。

「麻衣子先輩、いっぱい食べてくださいね。清太も、卵焼き食べる？　枝豆は？」

「俺は自分でできるから大丈夫」

清太が心配そうに希央と高瀬を見比べた。敢えて見ないようにした高瀬のほうからは

「希央」と低い声がしたが、聞こえなかったふりで、お猪口に酒を入れて飲む。

「あー最高。日本酒追加しようっと」

「やめとけってば。せめてなにか食べてからにしろ。高瀬先輩だって心配してるじゃん」

「食べてるよー、ほら」

卵焼きを口に運んでみせて、希央はふにゃふにゃ笑って高瀬を振り返った。

「先輩、先輩も食べてください。おいしいですよ卵焼き」

「――希央、おまえやっぱり変だよ」

高瀬は真顔で額に手を当ててくる。

「痩せたし……具合悪いなら無理しちゃだめだ」

ぱっと胸の奥で痛みが散った。ほんのりあたたかい手のひらは優しい。高瀬は恋人にもこんなふうに、いや、もっと優しいのだろう。せつなくて涙が滲(にじ)みそうになり、希央はきつく目をつぶった。だめだ。

(先輩がもし恋人だったらとか、妄想してるのバレたら引かれちゃう)

乱暴にならないよう高瀬の袖を引っ張って離し、希央は笑い飛ばした。

「なに心配なんかしてるんですかー! めちゃくちゃ健康ですってば」

さりげなく身体(からだ)の向きを変え、唐揚げを取って口に放り込む。咀嚼(そしゃく)しながら呼び出しボタンを押して、高瀬のことなど忘れたみたいに清太に話しかけた。

「赤ワイン頼むけど、清太も日本酒追加する？　麻衣子先輩、カクテルとか頼みましょうか」

いらないって、と言われたけれど気にしなかった。注文を取りにきた店員に酒類とタコの唐揚げを追加で頼み、清太の肩に手を回す。

「で、清太のあっちはどう？　小説いっぱい書いてる？」

「小説じゃなくて脚本な」

微妙な顔をしながらも、清太は答えてくれる。仕事にだいぶ慣れてきたが、やはり平日は時間が取りづらいらしい。新人賞があるので、来年は応募したいと話す横顔からは充実した日々が窺えて眩しかった。熱心に相槌を打って、話が途切れると今度はみんなに映画の話題を振った。十分も経てば希央の会社を辞めたネタはすっかり忘れてもらえたようで、夏に公開された二十年ぶりの続編映画の賛否で盛り上がり、希央はひそかに安堵のため息をついた。

誰にも心配はかけたくない。だって、特別なことがあったわけじゃないのだ。

あったのはどこにでもあるような話だった。入社してみたら当たりのきつい上司がいて、でも働くのは祖父に恩返しするためだからと耐えるつもりでいたこと。けれど五月になってすぐ、唯一の家族だった祖父が亡くなって、希央はひとりになったこと。

呆然とはしたけれど、もっと不幸な境遇のキャラクターたちをたくさん映画で観てきた。

『ダンサー・イン・ザ・ダーク』、『永遠に僕のもの』、『リリア4-ever』、『アンナ・カレーニナ』。ああいうのに比べたら、自分のつらさなんてちっぽけだ。

過去のトラウマが尾を引いているのは大学時代も同じだったたし、すごくいやな経験のひとつやふたつくらい、誰だってあるだろう。

だが、後悔も寂しさもつらさも、取るに足りないもののはずが、葬式を終えて様々な手続きもすんだあとになって、潰れたようになにもできなくなった。出社できずに結局退職し、これじゃだめだとアルバイトの登録はしたものの、まともに働けないまま時間だけが過ぎ、十月になってもまだ、希央は暗い水の底から抜け出せない。

＊＊＊

「どうしたらいいと思う?」

真剣な表情で日向にすがられ、希央はうーん、と唸ってしまった。六月の蒸し暑さが増した午後、サークル室にいるのは二人だけだった。

大学に入って所属した映愛研で出会った釘原日向は、名前のとおりお日様のように明るく可愛かった。小柄な背丈もふわふわした髪の毛も、大きな目も小動物めいていて、性格は裏表がなく、意外と威勢がいい。

もうひとり仲良くなった土屋清太は、三白眼で無愛想ながら、口をひらけばアニメ愛と知識が素晴らしく、いつも落ち着いているので頼りになった。一見とっつきにくいのに、誰に対しても態度が変わらないのが好感が持てるタイプだ。一か月も経つと映愛研の先輩からは可愛がられ、学部にも友人が大勢できて、一緒にいるといろんな人に声をかけられるようになった。

二人に比べると、希央はとにかく目立たない。背は高くも低くもなく、瘦せてもいないし太ってもいない。顔立ちは昔、祖父の友人の女性が「希央くんみたいな親しみやすい顔のほうが、アイドルグループでももてたりするのよ」と励ましてくれたことがある。自分で鏡を見ても弱そうだと思うくらい、いかにも人畜無害な見た目だ。

強いていうなら性格は明るいけれど、生まれつきというより努力の結果だった。幼いころは親に心配をかけたくなくて、祖父に引き取られてからは祖父に、学校ではクラスメイトや先生に面倒だと思われたくなくて、いつでもにこにこと笑う癖がついた。

笑っているほうが自分でも楽しいから、気に入っている長所だったのに、大学に入学したときは、うまく笑えないくらい緊張していた。全部リセットしての再スタートだと身構えるあまり、人と挨拶するのもぎこちなかった。それなのに清太と日向はすぐに仲良くしてくれて、どんなに救われたかわからない。

だから、もし清太たちになにか頼まれたら、必ず手伝おうと決めていた。できることは無理してでもやる、と思っていたのだが。

「日向は、そのままでも可愛いと思うけどな」

恋愛相談には全然向いていない。口にしてみたアドバイスもどきは本心だったけれど、日向は拗ねた顔をした。

「そういうことじゃなくて！　もっと具体的な方法考えてよ。自分で考えても、ありきたりのことしか浮かばないんだもん。希央は恋愛映画好きなんでしょ？」

「好きだけど、参考にはならないと思う……」

観ていてロマンチックだなあとうっとりしたシーンは思い浮かべられても、現実世界、それも日向の恋愛成就に使えるようなアイディアには結びつかない。

「とりあえず、試合の応援に行きたいって言ってみたら？」

「そっか！　ぼくも行ってみたいって思ってたし、いいかも」

苦し紛れの案に、日向はぱあっと笑顔になった。

「このあいだ部活は見学に行ったんだ。先輩には言わないでこっそり覗いたんだけど、すっごくかっこよかった。頭もいいのに、スポーツも得意だなんてすごいよね」

「うん、すごいね」

たしかに、日向が好きになった王子谷翔平という人はすごい。数学科では知らない人がいない秀才で、メガネの似合ういかにも賢そうな顔立ちだが、身体はしっかり鍛えられていて、部活は中学からずっとバスケットボールなのだそうだ。

でも、日向だって十分すごいと希央は思う。明るくて可愛くて、性格もいいからみんなに愛されている。寡黙な王子谷も日向には表情をゆるませているのを見たことがあった。

だいたい、彼は会長の麻衣子と友人とはいえ、部活が違うのによく映愛研会に顔を出すのだ。希央はひそかに、彼が日向に会いに来ているのではないかと思っていた。

「僕、日向の恋はきっとうまくいくと思う」

日向は大きな瞳をまばたかせた。

「本当？」

「言ったでしょ。日向は可愛いしいいやつだから、自然にしてれば好きになってもらえるよ」

「――ありがと。希央に言われると、頑張れそうな気がする」

きゅっと握った拳まで、日向は可愛かった。

そうだよ頑張って、と肩を叩いたとき、サークル室のドアが開いた。背の高い二人連れが入ってきて、日向がぴょこんと立ち上がる。

「王子谷先輩！　と、高瀬先輩も。お疲れさまです」

「麻衣子は？」

王子谷がかすかに微笑んで日向を見下ろした。日向はぽっと頬を染めた。

「さっき、二年の先輩たちと出かけました。三十分くらいで戻るって。麻衣子先輩に、なにか用事ですか？」

「ああ、持ってこいと言われたノートがあって。三十分なら待たせてもらってもいいか？」

「あっ、だったらぼく、飲み物買ってきます。先輩たち、なにがいいですか？」

今度ははっきりと、王子谷が笑みを浮かべた。可愛くて仕方がない、というように、日向の頭を撫でる。

「一緒に行くよ。ひとりだと大変だろう」

不意打ちに驚いたのだろう。はい、と小さく頷いた日向は見ている希央までむずむずするくらい可愛かった。ほとんど両思いじゃん、と思いながら出ていく二人を見送って、それから希央ははっとして振り返った。

「えっと、……ま、窓開けましょうか、暑いですよね！」

緊張したせいで声がみっともなくうわずって、恥ずかしさに首まで熱くなる。たてつけの悪い窓を開けて古い扇風機のスイッチを押すと、椅子に腰かけた高瀬が笑った。

「そんなに気を遣わなくてもいいよ。清太は？」

「四限も授業あって、まだ来てません」

「そっか。希央たちいつも三人でいるイメージだったけど、取ってる講義違ったりするんだな」

高瀬の声は穏やかで優しかったけれど、希央は扇風機の前で動けずにいた。映愛研のメンバーはみんないい人で、もちろん高瀬もいい先輩なのだが、希央は少し苦手だった。

百人に聞いたら百人が「かっこいい」と言うだろう癖のない美形で、声は甘やかで独特の艶がある。性格は気さくで面倒見がいい。完璧な見た目に完璧な中身だから、当然のように誰からも好かれていて、異性にもモテる。自分に魅力があるのを鼻にかけるそぶりでもあれば、希央としてはまだ助かるのに、高瀬は驕る様子が微塵もなくて、笑ったりおどけたり、飾らない態度や表情を見せるから、余計に人気があるのだった。

嫌う人間のほうが捻くれている、と思うしかないような人だから、希央も自然と好感を持たないわけにはいかなくて、だからこそ、苦手なのだ。

ちょっとトイレに、とでも言って逃げ出そうと向きを変えると、高瀬が「そういえば」と声をかけてくる。

「こないだ麻衣子が課題で挙げた映画、もう観た？」

「——は、はいっ」

びくっとしてしまったせいでまた声がひしゃげ、希央は慌てて口を押さえた。聞き苦しい声だったはずなのに、高瀬は不愉快な表情をすることなく、偉いな、と笑った。

「たしか、怖い映画は好きじゃないって言ってただろ」

「でも……麻衣子先輩が、絶対に面白いって言うし、一応課題ですから」

映愛研では年に一、二本自主制作映画を撮るのだが、それ以外は日々映画を観て感想を言いあうのが主な活動だった。映画というジャンルそのものへの愛と造詣を深めるため、という名目で、月に二度、担当を決めてほかのメンバーにおすすめの映画をプレゼンする。すすめられたら極力観て、次に集まったときに感想を言いあうのがルールだった。

どうしても苦手な映画だとか、学業や体調などで観られないときはパスしてもかまわない。だが、高校時代は友達と映画の話をあまりできなかった希央にとっては、同じ映画についてわいわい話せるのがなにより楽しくて、どんな作品をすすめられても観るつもりでいた。

「途中でちょっと気持ち悪くなりましたけど、なんとか観られました。最終的に、あれって人間なのかな、それともお化けなのかなって、ちょっと疑問は残ったんですけど」

「わかる。最後のあれは人間だと無理だよな。おれとしては人間が襲ってくるほうがいやだから、よかったって思っちゃった。全然よくないんだけどさ」

高瀬が苦笑いして、テーブルを挟んだ向かいの椅子を指差した。

「座れば？」

「……、はい」

断るわけにもいかず腰を下ろすと、どっと汗が噴き出してくる。やばい汗臭いかも、と焦って俯き、羽織ったシャツの中のTシャツを目立たないようにつまんで動かした。高瀬がじっとこちらを見ているのが気配でわかって、黙ってないでなにか言わなければと、希央は話題を探した。

「麻衣子先輩が言ってた、……っひゃ、っ⁉」

急に髪になにかが触れて、びっくりした拍子にまた声がひしゃげた。顔を上げると予想外なところに高瀬の顔があって、椅子ごと仰け反る。

「うぁっ⁉ な、んですかっ？」

「――いや、埃ついてたから、取ろうと思ったんだけど」

過剰な希央の反応に、高瀬は決まり悪そうだった。

「ごめんね。急に触ったからびっくりさせた」

「あ、いえ……っ、ぼ、僕こそすみません。変な声まで出しちゃって」

詫びる声まで無駄にうわずってしまい、希央は髪を撫でつけ、もう一度謝った。

「よく声がみっともないって言われるんですよね。聞き苦しいのわかってるのに、ときどき忘れちゃって……すみません」

「なんでそんなこと謝るの？ 希央のいやなことしたおれのほうが謝るところだろ」

俯いた視界にすっと手が入り込んだ。長くて綺麗な指がとんとんとテーブルを叩く。

「こっち見てよ、希央」

今はとても無理だ、と思ったが、できませんとは言えなくて視線を上げる。高瀬は困ったように眉を下げた。

「希央ってさ、もしかしておれのこと苦手？」

びくっと肩が揺れてしまい、希央はいそいで首を横に振った。

「ぜ、全然ですっ」

たしかに苦手だ。でもそれは希央が、勝手に警戒してしまうだけなのだ。

「高瀬先輩のせいじゃなくて……そ、その、僕すぐ緊張しちゃうほうで……」

「でも、麻衣子とか二年生が相手のときは、普通に話してるよね？　やっぱりこの見た目って怖い？」

珍しく自嘲するような表情で、高瀬は目元に触れた。彼の瞳は髪と同じく明るい色をしている。ほんのり緑がかった茶色が生まれ持ったものだとわかるのは、顔立ちや身体の骨格が、あきらかに周囲とは違うからだった。でも、それを「怖い」だなんて評している人間には会ったことがない。なんでそんなこと、と混乱しかけ、もしかしたら過去にいやな経験をしたのかもしれない、と思い当たった。

特に幼いうちは、心ない差別をしていじめる子供もいるものだ。

高瀬も傷つくのだ、と思うとぎゅっと胸の奥が痛んだ。

「怖くなんか、ないです」

気後れするほど綺麗な顔を、希央は努力して見つめた。

「僕が……その、挙動不審なのは、先輩が見た目も性格もよすぎて、なんていうか、雲の上の人？　みたいな気がしちゃうからで、怖いとか嫌いとか、そういうことじゃないんです」

「雲の上って……おれは普通の人間だよ」

「先輩はそう思ってても、僕にはすごく特別に見えるんです。めちゃくちゃかっこいいし、友達だって王子谷先輩とかだし、二年の先輩たちも憧れてるし、違う学部の人まで先輩のこと知ってるでしょ？　だからそばにいると場違いな気がして、自分がみっともなく思えるっていうか……ほら、僕って見た目からして映画のモブみたいな感じだし」

「モブ？」

「そうです。僕、全然主役ってタイプじゃないですから」

なんとか高瀬の誤解を解こうと、言えば言うほど高瀬が微妙な表情になっていく。変なことを口走っているのだとわかったが、もう止まらなかった。

「だから先輩が親切にしてくれたり、話しかけたりしてくれると、わーモブなのにすみません！　っていう気持ちになって、嬉しいんだけど申し訳ない感じがしちゃって……、あっでも、僕モブ好きなんです！　大学ではみんなに好かれるモブになれたらいいなと思ってたりもして、ほらよくいるじゃないですか、主人公の気のいい友達ポジションとか。友達ポジションだと名前があるから厳密にはモブじゃないですけど――」

早口で語るうちに、高瀬が笑いをこらえはじめたことに気づいて、希央は後悔でいっぱいになりながら口をつぐんだ。なんで馬鹿なことばかり言ってしまったんだろう。

「ええとつまり、僕が慣れてないだけなので、高瀬先輩は気にしないでくださいって、こと、です」

無理やりまとめて横を向いて、ほてった頬をこする。すみません、ともう一度謝るべきか迷っているうちに、高瀬のほうが「希央」と呼んだ。

「ありがとね。希央は優しいよね」

優しい声だった。そっと横目で窺うと、頬杖(ほおづえ)をついた高瀬は希央を見て目を細めていた。

「モブが好きなの、ちょっとわかる」

「――高瀬先輩も?」

「だって、自分の人生の主役は自分でしかないから、ほかの人から見たらおれは当然脇役だよね。でも、脇役もモブもいない人生なんて絶対ないからさ。いい脇役がいるほど映画が楽しいみたいに、その人にとって、一緒にいると少しでも幸せが増すような存在になりたいじゃん」

それは希央の考え方とは全然違っていた。希央の場合は誰の目にもとまりたくなくて、いっそ名無しになれたらいい、と思っているのだけれど――それでも、嬉しい、と思った。

高瀬が「わかる」と言い方を選んでくれた、その優しさが嬉しい。じんと身体が熱くなって、希央は強く両頰を押さえた。

(だめだめ。高瀬先輩は、みんなに優しくできる人だもん)

それに、恋はしないと決めて進学したのだ。遠い未来はともかく、せめて在学中の四年くらいは、楽しい気持ちで過ごしたい。ぺしゃんこに潰されてぼろぼろになって、息をするのも苦しいような思いは、もうしたくなかった。

「希央は脇役だとしたら、誰からも好かれてスピンオフが作られるタイプだと思うよ」

高瀬はにこにことそんなことを言ってくる。

「麻衣子の変な思いつきにも楽しそうにつきあってくれるし、清太と一緒に絵の練習したり、雑談で出た映画で観てないのがあるとちゃんと観てくるし、二年生たちの話を聞くときも真剣だし。日向の恋愛相談にも乗ってあげてるしね」

「えっ……もしかして、さっきの聞こえました?」

二人が来ると思わなくて、普通に喋(しゃべ)ってしまっていたのだ。サークル室はお粗末な造りで、中の話し声は外にも筒抜けになる。

「立ち聞きするつもりはなかったんだけど聞こえちゃった。『日向は可愛いしいいやつだから、自然にしてれば好きになってもらえるよ』」

「わー!　やめてください!」

いたずらっぽく自分の言った言葉を真似されて、希央は耳をふさいだ。

「どうしよう、きっと王子谷先輩も聞いちゃいましたよね……」

「大丈夫じゃないかな。翔平もまんざらじゃなさそうな顔してたし、おれもあの二人はうまくいく気がしてる」

さらりと言われ、希央は恥ずかしいのも忘れて高瀬を見た。

「……先輩も、そう思いますか?」

「うん。おれと翔平は幼馴染みなんだけど、あんなふうに誰かを特別扱いするのって、好きになった相手だけだから」

「……よかった」

高瀬も「うまくいく」と感じるなら、きっと大丈夫だ。日向が悲しまずにすむと思うとほっとして、希央は天井をあおいだ。

「日向には笑っててほしいから、よかったです。王子谷先輩と並ぶとお似合いだし」

「自分のことみたいにほっとしてるね」

高瀬は優しく目を細めた。

「希央のそういうところ、なんでも丁寧にする子だって、麻衣子も感心してたよ」

「麻衣子先輩も?」

「うん。あいつ、一見横暴だけどよく人のことは見てるんだよ」

頬杖をついたまま、彼は少しだけ身を乗り出した。

「おれも、希央のそういうとこ好き」

強い風が身体の中を通りすぎたみたいに、思考が消し飛んだ。まばたきもできずに高瀬を見返しながら、ただ胸が膨らむのを感じ取る。潰れて、ひずんで固まっていたところに空気が吹き込まれて、丸く戻っていく感じ。

だめだ。好きになってしまう。

二度と傷つきたくない、という怯(おび)えと同じくらい、この人だったら、と期待が大きくなって、希央は「先輩」と呼ぼうとした。なんでもいいから、もっと言葉を交わしたかった。

唇をひらきかけたとき、ドアが開いた。

半分がっかりして、半分ほっとしながら目を向けた希央は、入ってきたのが日向たちではないことに気づいた。二年生の宮城莉輝だ。長めの髪と不思議な色気と、儚げな陰のある人で、まめに顔を出すほうではない。同じ二年生ともあまり話さないのは、もともと麻衣子たちと同学年で、病気で休学して一学年遅れたからだと聞いたことがあった。映愛研自体、今年度からの参加らしい。いつもどこか寂しげだが、今日はいちだんと悲しげな表情で、それを見ると高瀬が立ち上がった。

「莉輝。おまえもしかして……」

「琉生」

宮城の頬に涙が伝った。彼が口にした名前が高瀬のものだと気づいて、ちりっと心の端が痛む。高瀬と宮城が、下の名前で呼びあうほど親しいだなんて——今の今まで、気づかなかった。

「見ちゃったんだ」

宮城は無防備な子供のように寂しげで、高瀬は眉根を寄せてつらそうな顔をした。そうして、黙って宮城を抱き寄せる。希央からは彼の背中しか見えなくなったが、宮城の手がすがるように高瀬のシャツを握りしめて、希央は視線を逸らした。

甘く胸の中で張りつめていたあたたかい空気は、もうなくなっていた。

元どおりにぺしゃんこに潰れた胸は前よりも少し苦しくて、でもこれでいいのだ、と希央は自分に言い聞かせた。

うっかり恋をしなくてよかった。しても傷つくだけだし、どう見ても宮城と高瀬はお似合いだ。幸せな二人を見ているほうが、自分で恋をするより何倍も穏やかで楽しいのだから、これでよかったのだ。

＊　＊　＊

目が覚めると夢の続きのように苦しくて、胸も手足も重たく、動かすのが億劫(おっくう)だった。

うめき声をあげてみじろぎし、希央は吐き気を覚えて身体を起こした。今にも戻しそうだった。

うぐ、とえずくと、肩に手が回った。

「トイレこっち。立てる?」

声の主が誰か、気にする余裕はなかった。背中には脂汗が浮き、手がひどく冷たい。胃から迫り上がる感覚は堪えられそうもなく、抱きかかえられるようにトイレに着くと、どっと口からこぼれた。アルコールの後味が気持ち悪い。二度、三度と吐き戻してぐったりと座り込むと、背中をさすってくれていた誰かが離れていった。

希央は眩しさにまばたきし、あたりを見渡した。贅沢な広さのトイレはモノトーンの内装だ。開けっぱなしになったドアからは仄暗い廊下と向かいの部屋が見え、今何時だろう、とぼんやり思う。麻衣子の送別会にいたはずなのに、飲み会がいつ終わったのかも、ここがどこなのかもわからなかった。

酔い潰れて介抱してくれたなら清太だろうか、と考えたとき、戸口に高瀬が現れた。水の入ったグラスを手に、希央のそばに膝をつく。

「口ゆすいで」

「――なんで、先輩が?」

呆然と呟いてしまってから、希央は慌てて身体を引いた。吐いたばかりで汗まみれなのだ。なのに高瀬は距離をつめ、希央にグラスを押しつけてくる。

「ゆすげないなら手伝うけど、どっちがいい？」

「っ、自分で、……でき、ます」

水は冷たかった。二回口に含んで吐き出し、希央はうなだれた。

記憶はまったくないが、失敗してしまったのは明らかだった。先輩の送別会で醜態をさらし、よりによって高瀬に介抱してもらうなんて、あり得ない。せめて清太か日向だったら、と考えて、二人だとしても申し訳ないのには変わりないと思い直し、希央は俯いたまま頭を下げた。

「すみません、迷惑かけちゃって……」

「謝らなくていいよ。もう気持ち悪くない？」

「はい、大丈夫です。ほんとにごめんなさい」

水の残ったグラスを持って立とうとしたが、脚に力が入らない。希央は焦って言葉を探した。

「え、ええと、ここ先輩の家ですよね。今何時なんだろう……僕けっこう寝ちゃってました？　重いしめんどくさかったですよね。遅い時間までほんとすみませんでした。すぐ帰ります」

喋りながらどうにか立ち上がったが、途端にくらりと目眩がした。崩れるように再び座り込むと、高瀬が斜めになった希央の身体を抱き寄せた。

「こんな状態で帰せるわけないだろう。無理しちゃだめだ」

握ったグラスを取り上げられ、胸にもたれるように導かれて、希央は浅く息をした。また少し気持ち悪い。高瀬は希央の額に張りついた前髪をそっと払った。

「強くないのに、あんなに飲むから」

思いやりのある手つきに胸がぎゅっと捩れて、見ていた夢が蘇った。大学に入学した年の六月、高瀬に否応なく惹かれて、一瞬で恋が砕けた、あの日の夢だ。

ずっと好きだった人が目の前にいて、優しくしてくれているのに、あまりにも惨めだった。醜態をさらして迷惑をかけるだなんて——好かれることは望めなくても、嫌われたくないのに。

せめてこれ以上は負担をかけまいと、希央はふにゃりと顔を歪ませて笑った。

「すみません。楽しすぎて、うっかり飲みすぎちゃいました」

高瀬はため息をついて立ち上がり、希央の腕を引いた。

「楽しすぎて飲んでたんじゃないだろ」

「楽しかったですよぅ。みんなに会えたの嬉しくて」

支えてもらって立ち上がり、申し訳ないなと思いながら廊下に出る。高瀬はそのまま、向かいの部屋へと希央を連れ込んだ。大きなベッドは、たぶんさっきまで寝かせてもらっていたものだ。もう一度休ませてくれるつもりなのだとわかって、希央は摑まれた腕を引いた。

「あの、もう大丈夫です。帰れますから」

「寂しかったんだろう?」

高瀬が真顔で振り返る。

「おじいちゃんが亡くなったって、残念だったね。清太も日向も、麻衣子も心配してたよ。希央にはたったひとりの家族だもんな」

張りつけていた笑みが強張った。

「……僕、それ、喋ったんですか?」

高瀬は無言で頷いて、希央は自己嫌悪でいっぱいになった。祖父のことは黙っておくつもりだったのに、酔って喋ってしまうなんて最悪だ。

「麻衣子先輩に悪いことしちゃいました。せっかくの門出のお祝いだったのに、余計な話なんかして」

「余計じゃないよ。だから飲む前から顔色悪かったんだってわかったから、よかった」

高瀬は慰めるようにそう言って、希央の頭を撫でた。

「朝までひとりにしないから、ぐっすり眠って」

囁くような音量の声は労りに満ちていた。髪からはほんのりと体温が染みて、優しい、と思うと唇が震えた。

この人は今も、こんなにも優しい。たいして親しくもない後輩なんか、酔い潰れても放っておけばいいのに、家まで連れてきて、介抱して、慰めてくれて。

親切で面倒見がいいのは高瀬の性格だとわかっていても、心が揺れて引っ張られそうになる。

（――まだ、好きなんだ）

そっと眺めてはときめくだけの恋は、全然終わっていなかった。

もちろん、成就はしない。彼にはちゃんと恋人がいるのだから。

（でも……）

高瀬が背中を優しく押してくれ、希央は痛みはじめた心臓を意識しながら、ベッドに横たわった。

どうせもう、高瀬は内心では希央にうんざりしているだろう。聞かれてもいない話をぶちまけて飲み会を台無しにし、酔い潰れて迷惑をかけ、挙句に吐いて、ベッドを占領したのだ。これ以上嫌われようがないなら、今日だけ、彼の言葉に甘えてしまいたかった。

今夜だけ、忘れたい。自分がいかに情けないか。天国のおじいちゃんも悲しむとか、もう十分休んだはずだとか、発破をかけても頑張れない日のどうしようもない嫌悪感を、忘れたかった。

高瀬はするりと希央の脇にすべり込んでくる。

「寝る場所ここしかないんだ。それに、くっついてたほうが、希央がまた具合悪くなってもすぐわかるから」

だから大丈夫だよ、と撫でられて、希央は数秒迷って頷いた。普通なら高瀬と寄り添って寝るだなんてひっくり返っても無理だけれど、長い片思いの最後の思い出にするなら、欲張ってもいいだろう。たぶん、高瀬と会うことは二度とない。

目を閉じると、おやすみ、と耳元で囁き声がした。おさまりがいいようにするためか、高瀬は希央の頭を抱き寄せて、希央はされるまま彼の胸に額をくっつけた。

高瀬の身体はしっかりと固く、ほっとするような確かさだった。するすると髪の上を手のひらがすべるのが気持ちいい。すごく眠い、と感じた直後には眠りに落ちて、今度は夢を見なかった。

空豆みたいなかたちのテーブルの上にはお粥と味噌汁が二人分用意されていて、希央はTシャツの裾を引っ張った。お粥用のトッピングまで、三種類もある。高瀬は紺色のエプロンを外しながら、椅子を引いてくれた。

「シャワーですっきりしたらおなかも空いただろ？　おかわりあるから、いっぱい食べて」

「すみません、ありがとうございます」

なにからなにまで世話になりっぱなしだ。いたたまれなかったが、希央は敢えて元気よく手をあわせた。

「いただきます！」

たっぷりすくって口に運ぶと、お粥は鶏の旨味と生姜の香りがして、思わず目が丸くなった。

「すごい、おいしいです！」

「よかった。ほんとは骨つきの鶏モモ肉で作るんだけど、今日は手抜きで鶏ガラスープ使ったんだ」

「高瀬先輩って料理もできるんですね」

「できるって言えるほどじゃないよ。自炊に困らない程度のレベルだ」

「でも、お店で食べてるみたい」

練り梅やネギを載せて食べても、炒り卵を載せてもおいしい。味噌汁の具はシンプルに大根だけで、それがまたおいしかった。

おかわりもらいまーす、と自分でよそいに立って、希央はこっそり高瀬を眺めた。ラフな部屋着がさまになっていて、爽やかだ。広めのダイニングキッチンはきちんと片づいていて、ダークグレーと白で統一されたインテリアの中、テーブルの黄色がアクセントになっている。壁には変わったタッチの絵が飾られていた。借りたバスルームも清潔で、タオル類はどれも紺色だった。

　ドアは寝かせてもらったベッドルーム以外にもうひとつあるから、間取りは２ＤＫだ。ひとりで住むには広い。改めてその事実に気づいて、希央は穴に入りたくなった。昨夜は本当に酔っていたのだ。高瀬と希央が同じベッドで眠ったなんて、恋人である宮城が知ったら気分がよくないだろう。一晩だけ甘えたい、だなんて自分勝手もいいところだった。

　手をとめかけ、取り繕おうと大盛りにして席に戻り、希央ははしゃいだ声をあげた。

「家もお洒落(しゃれ)ですよねえ！　インテリアもかっこよくて、さすが高瀬先輩って感じ。あ、それとも、もしかして宮城先輩の趣味ですか？」

「なんで莉輝の名前が出てくるの」

　高瀬は笑って、お粥に卵とネギを載せた。

「でもたしかに、あそこの絵とテーブルは好きだって言ってた」

「やっぱり。宮城先輩もセンスいいですもんね」

　同棲(どうせい)はしていないが、よく来る、ということなのだろう。自分で話題を振ったくせに微妙にせつなくなって、希央はお粥をかき込んだ。

「食べたらこれ洗って、すぐ行きますね。先輩もいろいろ予定とかあるでしょうし」

「予定はないよ。ゆっくり食べて」

「いえいえ、お邪魔したくないです」

宮城にも謝りたいが、彼の連絡先は知らなかった。できることなら昨日の夕方まで時間を巻き戻してやり直したい。やり直せたら、飲み会では余計なことなど喋らないし、せめて飲みすぎないし、万が一飲みすぎてしまったとしても、高瀬には甘えない。

そう思いながら味噌汁も飲み干し、それからはっと気づいて高瀬を見やった。

「あの、もし喧嘩とかになったら、僕のせいにしてください」

「喧嘩？」

怪訝そうに高瀬は眉根を寄せた。希央は大きく頷いた。

「僕のこと、すごい悪者にしてもらって大丈夫なので。ていうか、正真正銘の悪役ですよね。好感度低くてネット評でもボロクソに言われる系の、一番嫌われるやつです。思い出すと僕も僕を張り倒したいし、いっそタイムリープものだったらいいのにって今思ってて、やり直せたらヘマなんかしないぞって……」

高瀬が耐えかねたように噴き出した。明るい笑い声に、しまった、と思ったがもう遅かった。

たまに、焦ったせいでこんなふうに、べらべらと喋りすぎてしまうのだ。声が恥ずかしいくせに、テンパると吹き飛んで捲したててしまう。

「希央って相変わらず面白いこと言うよね。しょっちゅう挙動不審になるし、百面相するし」

「……すみません……」

「おれ今でも覚えてるもん。たしかサークル入って二か月経つか経たないかってころに、話してたらいきなり『モブ好きなんです』って言われて、どういう理屈だよって面白かった」

にこにこされて、余計に顔が熱くなった。高瀬はとっくに忘れたと思っていた。できれば忘れていてほしかったのに、高瀬は笑って続ける。

「希央が二年になってからも、おれが久しぶりに部室に行ったら、すごい驚いて椅子から飛び上がってたよね。大丈夫って聞いたら、『ダンスの練習です』って無理やり清太の手を摑んで、インド映画っぽいのを撮るつもりなので、とか真顔で言うから清太も困ってた」

「……お恥ずかしいです……」

希央は小さく身を縮めた。高瀬は「懐かしいなあ」と言いながら立ち上がって、キッチンカウンターに向かった。食器の触れあう音に続けてお湯を注ぐ音が聞こえ、ほどなく緑茶の匂いが漂ってくる。目の前にころんとした茶碗が置かれ、希央は顔を上げた。

高瀬は座りながら「希央ん家の真似だよ」と茶碗を上げて見せた。

「おじいちゃんが食後は日本茶淹れてくれてたって言ってて、いいなあと思ってたんだよね。で、真似してみたら気に入って、ずっと続けてる」

甘さのある緑茶の香りが、思いがけないほど強く胸を締めつけた。久しぶりの匂いだった。祖父が亡くなってからは一度も飲んでいない、と思い出して、じんと目が熱くなる。滲みかけた涙をまぶたを閉じてやり過ごし、希央はお茶を飲んだ。

「おいしいです、すごく」

ありがとうございます、とつけ加えてから、意を決して拳を握りしめた。

「あの、今日はなんでも雑用します。いっぱい迷惑かけちゃったから、ほんとになんでもやります。今日じゃないほうがよければ、後日でもいいので、言いつけてください」

高瀬はもう会いたくないかもしれないが、いくらなんでも、親切にしてもらったままそれっきりにはできない。礼だけ言ってすませるには、迷惑をかけすぎていた。断られてもこれだけは食い下がろうと高瀬を見つめると、彼はぱっと顔を輝かせた。

「ほんと？　よかった、ぜひお願いするよ。ちょうどおれから頼もうと思ってたんだ」

「頼みごとですか？　僕にできることなら、なんでもどうぞ」

意外にも乗り気な高瀬にほっとした希央は、次の言葉でぽかんとした。

「おじいちゃんの家、連れてって」

「……え？」

「希央のおじいちゃん家、見てみたい。前に和洋折衷の素敵な建物だって希央が言ってたから、気になってたんだ。今日これから、連れていってよ」

「……僕、家の話、したことありましたっけ」

希央は高瀬とした会話はだいたい覚えているけれど――それもどうか、と自分でも気持ち悪いが、それでもなお、彼に祖父の家の話をした記憶がなかった。

「清太たちに話してるの聞いたんだ。もともと古い建物を見るのが好きだから、いいなあと思っててさ」

なるほど、と希央は納得した。高瀬は建築とかインテリアとか、デザイン性の高いものが好きなのだ。映画でも、ついそういう部分に注目してしまうと言っていた。

（……でも、きっと半分くらいは、僕のためなんだろうなあ）

ひとりでは祖父の家に行けない、なんてくだを巻いたせいで、つき添ってくれる気になったのだろう。さりげなく面倒見のいい彼らしい気遣いで、希央は甘酸っぱい胸の痛みを覚えた。

高瀬の、こういうところが好きだ。

「片づけたら行こうか」

断られるとは思っていない口調で高瀬が言い、希央は面はゆい気分で頷いた。

昨晩だけ甘えるつもりが、はからずも今日も頼ることになって申し訳ないけれど——本音では、少しだけ嬉しい。もちろん、恋人みたい、だなんて浮かれるつもりはないが、楽しかった大学時代に戻ったみたいだった。

食後の片づけは買って出て、支度をすませて出かけると、外は爽やかな秋晴れだった。

高瀬のマンションは、都心まで二十分かからない便利な立地だった。そこから電車を乗り継いで一時間半。祖父の家は埼玉県にある住宅街の外れのほうで、最寄り駅からは徒歩十五分ほどだ。

「バスもあるんですけど、本数が少ないので、歩いたほうが早いんです」

説明しながら、希央はそれなりに賑わっている駅前を見回した。電車に乗っているあいだはほのぼのと楽しい気分だったけれど、地元に着くとにわかに緊張してきた。土曜の昼間とあって、家族連れの姿が多い。希央と同年代はかえって少なく、ひそかに胸を撫で下ろした。

「でも便利そうだね。買い物するところも、食べるところもけっこうある」

高瀬は興味深そうに出てきた駅ビルを振り返る。ビルといっても三階建てだが、ファッション系から飲食店、雑貨に生花、菓子類など、ひととおり揃っていた。駅の向かいには小規模ながら百貨店もあるのだが、五分も歩いて幹線道路をひとつ越すと、あとはのんびりとした住宅街だ。そこからさらに十分ほどで、家よりも畑が目立ちはじめる。小さな川をすぎて右に曲がると、数軒まばらに家がある先、行きどまりはちょっとした林のようになっていて、その手前が祖父の家だった。

　道に面して細い黒鉄(くろがね)の門扉があり、敷地は石垣で囲われている。おとぎ話に出てくるような緑色の屋根の西洋風の家に、瓦(かわら)ぶきの日本家屋がくっついた不思議な造りは、祖父の友人がデザインしたものらしい。高瀬は感心したように屋根を見上げた。

「へえ、面白いね。聞いてもイメージできなかったけど、ノスタルジックな感じもあって可愛い」

「建てたばっかりのころに、雑誌の撮影に使われたこともあるらしいです」

　希央は門を閉めながら、来た道を振り返った。幸い、誰もいない。道中は不安で何度もきょろきょろしてしまったが、一度も顔見知りに会わずにすんで、ようやく肩から力が抜けた。

　高瀬にはとても言えないが、この家に戻ってこられないのは、祖父との思い出がつまっていて悲しいから、だけではなかった。希央は地元が怖いのだ。高校時代の経験のせいだった。

　誰にも打ち明けたことのない、人生で一番苦しく、惨めな経験だ。

　当時は学校で噂になったこともある。それが過度ないじめに発展しなかったのは今思うと幸いだったけれど、当時はひたすらつらかった。

だから大学への進学は、人生をリセットして、新しい生活をはじめるための手段だった。就職してもよかったのだが、祖父の強いすすめで大学に進み、おかげで日向たちと出会えて、ずいぶん気持ちは楽になった。

それでもまだ、ここに帰ってくるのは怖い。高校の同級生や先輩後輩も、このあたりは地元だという人間が多いからだ。ある程度栄えているとはいえ基本は住宅街で、東京までは一時間半かかるから、高校を出たら離れるのが普通だが、盆や正月は帰省するかもしれない。万が一、思い出したくない記憶を植えつけた張本人や、その友達に会ってしまったら、と思うと恐ろしく、頻繁に来る気にはなれなかった。

（大学にいたころは、頻繁に帰ったらおじいちゃんが心配するかもって思ってたせいもあるけど……）

あの出来事からはもう七年も経つ。いい加減、昔のことだと割り切れればいいのだが。

鍵を取り出して玄関ドアを開けると、中の空気はこもって黴くさかった。ほぼ半年ぶりだ、と思うと祖父に対して申し訳ない気持ちが湧いて、希央はそそくさと靴を脱いだ。

「どうぞ、上がってください。掃除できてないから汚いですけど……窓開けますね」

玄関があるのは日本家屋の部分だ。間取りは現代風に言えば５ＬＤＫだ。洋風建築の部分だけ二階がある。

家に入ってすぐの右側の引き戸を開けると広い板張りの部屋で、希央は庭に面した窓と、閉めっぱなしの雨戸を開けた。

「ここは一応客間です。この奥がおじいちゃんが寝室に使ってたところで、窓と反対側は廊下になってます。廊下を挟んで奥側が水回りになってて、キッチンは向こうの、洋風部分の奥です。――おじいちゃんの部屋も、見ますか？」

「希央が入りたいのに入れないいなら、あとでつき添うよ。先に向こうも見ていい？」

高瀬は洋風のほうを指差した。希央は先に立って戻り、洋間のドアを開けた。

こちらも、カーテンを閉め切ってあるせいで薄暗い。開けると重たい生地から埃が舞った。窓の鍵は錆びつきかけていて、苦労して動かして外の風を入れる。

「こっちはＬＤＫで、食事したりするのに使ってました。そこの階段から二階に――」

振り返って、希央は高瀬が壁を見上げているのに気づいた。視線の先には、いくつも写真がかかっている。朝日を浴びる雪山、霧の中の紅葉。塀の上の猫たち、散歩する老夫婦、青空を背景にした鉄橋と列車。

そこに写真が飾ってあることさえ、希央は半ば忘れかけていた。

いつからちゃんと見ていなかっただろう。おじいちゃんが好きで、撮りためた中から選んだ写真だったのに。

「希央のおじいちゃんって、カメラが趣味だったの？」

「――はい。旅行して、旅先で写真を撮るのが好きだったみたいです」

放っておかれた部屋で見る者もいなかった写真は、どれも侘しげだった。高瀬はひとつひとつ、位置を変えて丁寧に見ている。あんなふうに興味を持ってもらえたらおじいちゃんも嬉しいだろうな、と考えてしまい、ぐっと喉に熱い塊が込み上げて、希央は背を向けた。

ダイニングテーブルもうっすら汚れている。祖父はもういないのだ、と実感しながら、現実逃避のように「ここも拭かないと」と思って、壁側に見慣れない小さな箱があるのに気がついた。ポストカードくらいの大きさの、平たい、白い箱だ。

（こんなのあったたっけ）

希央が暮らしていたころはなかった。葬式や手続きのために祖父の死後何度かここに来ているが、記憶はぼんやりとしていて、見た覚えがなかった。

「いろんな写真があるね」

「被写体にこだわりはなかったみたいで……だから上達しないんだって自分で笑ってました。僕を引き取ってからは旅行にも行かなくなって、カメラもめったに出さなくなったんですけど、たまに庭で花を撮ったりはしてました」

言いながら箱を手に取ってみると、本のようにそれが左右にひらいた。内側は透明なアクリル板が貼られ、写真が納められていた。大学の門のところで、慣れないスーツを着た希央が、照れくさそうにこちらを見ている。

入学式のときに、祖父が撮った写真だった。

見た瞬間、唇が震え、あっと思ったときには大粒の涙が落ちていた。とめられない、と悟るしかない勢いで滴る涙を見つめながら、せめて声は漏らすまいと椅子の背を強く握ったけれど、高瀬が振り返る気配がした。

「希央？」

返事ができない。すすり上げて息を呑み込み、立ち尽くしていると背中にそっと手が触れた。

「寂しいよね」

身体も声も寄り添うように、高瀬は優しかった。

「たしか、五歳のときにお母さんが、お父さんは八歳のときに亡くなったんだっけ。それから、おじいちゃんとずっと二人っきりだったんだろう？」

「——っ、は、い」

家族のことは映愛研でもときどき話していた。気にしていると思われたくなくて、あっけらかんと口にしては、最後は祖父の自慢で締めくくったものだ。その光景を高瀬も思い出しているかのように、「よく覚えてる」と彼は言った。

「不器用だけどお茶目で、優しい自慢のおじいちゃんだったんだよね」

「……っ」

背中を撫でられると余計に涙が落ちて、希央は強く目をつぶった。

そう、大好きな祖父だった。父が生きていたころから、あたたかい雰囲気と、面白おかしく語ってくれる旅先での思い出話が好きだった。

（もっと、帰ってくればよかった）

どうして背中を向けるような真似をしたんだろう。顔をあわせていれば、祖父の体調にも気づけただろうし、そうしたらまだ彼はこの部屋で、のんびりお茶を飲んでいたかもしれない。

希央はずっと逆のことをしてきた。やっと希央にお金がかからなくなったのだから、自由に過ごしてほしくて、独り立ちしたと思ってもらうためにも、頻繁に帰ってくるわけにはいかないと思っていた。そのほうが好きだった旅行もしやすいと考えたのだ。希央を引き取ってから祖父はひとりで育てなければならず、旅行も写真もおろそかにさせたことを、希央なりに申し訳ないと思っていた。

でも今考えれば、「祖父のため」というのは口実だったような気がする。いやな思いをしたくないがために、都合のいいように考えて寄りつかずにすませてしまったのではないか。自分勝手に逃げた結果、祖父には十四年間、迷惑をかけただけで終わってしまった。

（おじいちゃん、食卓に僕の写真を飾ってくれてたのに――）

寂しいと思う日もあったのかもしれない。ひとりきりで寝込んだ日も、きっとあったはずだ。

後悔しても、恩返しも、謝ることもできない。静かで寂しげな遺品だけを残して、祖父は死んで、希央はひとりだ。

うう、と声を漏らすと、高瀬が肩を抱き、椅子に座らせてくれた。自分は立ったまま頭を撫でてくれ、希央の震えと涙がとまるまで、ずっとそうしていた。

五分は泣いただろうか。ぐしょぐしょの顔をティッシュで拭くと、あとには諦めに似た寂しさだけが残っていて、長いため息が出る。高瀬は髪を梳いて整えてくれた。

「キッチン借りていい？　お湯沸かすよ」

「——僕が、」

「いいから、希央は座ってな」

ＬＤＫは縦長の造りだ。庭に面したリビング部分、真ん中あたりにダイニングテーブルが置いてあり、裏庭側がキッチンになっている。キッチンのほうを向いて座った希央からは、高瀬が湯沸かしポットを見つけて水を入れる横顔がよく見えた。かるく見回しただけで棚の中にカップを見つけ、手際よくインスタントのカフェオレを作ってくれた。

「賞味期限切れてないのあってよかった」

「……これ、おじいちゃんが好きでストックしてたやつです」

甘さ控えめと書かれた、インスタント粉末の細長いパッケージも懐かしかったが、さすがに涙はもう出なかった。希央は懐かしい葉っぱの柄のマグカップをいじった。

「片づけなきゃって思ってはいるんですけど、全部そのままで……」

「無理にやらなくてもいいんじゃない？　ここに来るのもつらかったなら仕方ないし、おじいちゃんも希央に無理はさせたくないと思うよ」

向かいに座った高瀬は労るように微笑した。

「おれも会いたかったな。おじいちゃんの写真はないの？」

「スマホに、何枚かはあると思います」

フォルダの中をスクロールしてみると、大学の入学式に来てくれたときの写真が見つかった。

「やっぱりイメージどおりだ。おじいちゃん、すごく嬉しそうだね。孫の晴れ姿が見られたからかな」

高瀬の言うとおり、希央と並んだ祖父は幸せそうな笑顔だった。近くの人をつかまえて頼み、祖父のと希央の、両方のスマートフォンで撮ってもらったのだ。撮影したことは覚えていても、こんな顔をしていたっけ、と新鮮な気持ちになる。

改めて、テーブルの端に置いた小さな写真立てを見た。本のようなかたちのスタンドに納められた希央の写真を、祖父はきっと毎日見ていたのだろう。

「僕、おじいちゃんが体調崩してるって、全然知らなかったんです。急に病院から連絡が来て……お医者さんから、ずいぶん前から具合が悪いときがあったみたいだって聞かされて、目の前が真っ暗になりました」

ぽつぽつと吐き出すと、高瀬が「うん」と相槌を打ってくれた。

「せめて電話はもっとすればよかったです。声だけでも聞いてたら、なにかわかったかもしれないのに……いつまでもべったりだって思われたら、おじいちゃんも心配しちゃうとか考えてて、しなかった」

「きっとおじいちゃんと希央は、性格も似てるんだよ」

手が伸びてきて、マグカップを持つ希央の手をやんわりと握った。

「おじいちゃんも、希央に心配かけたくなかったんだろうね。写真で見ると雰囲気がよく似てるし、部屋を見ても、ああここで希央が育ったんだなあって、納得できるよ」

「部屋を見て、ですか?」

つい天井を見上げたけれど、ランプシェードにも埃が溜まっているのが見えただけだった。外見は洒落ていても、男二人で生活していた室内は、いかにもな生活感が漂っている。

「なんかあったかいんだよ。思いやりがある感じがして、おれは好きだな」

高瀬は希央の手を離すと、居ずまいを正した。

「そこでお願いなんだけど、おれがここを借りてもいいかな」

希央はすぐには意味が呑み込めず、まばたきして高瀬を見返した。

「借りるって、この家を、ですか？」

「うん。もちろん、全部の部屋は使わないよ。一部屋か二部屋でいい。実は仕事用の事務所を探してて、いい物件が見つからなくて困ってたんだよね」

一応起業してるんだ、と高瀬は説明した。

「都心だとオフィスの賃料が高いし、業務内容にもいまいちあってない気がしてさ。地方で古民家を借りようかとも考えたけど、東京も好きだし、直接打ち合わせが必要なこともあるから、都心に出やすいほうがありがたいんだよね。ここなら便利だし、なにより家の雰囲気が気に入ったから」

にこにこと、いつものように人好きのする笑顔で高瀬は言った。

「どう？　おれがここにいたら、希央が片づけしながら泣きたくなっても、ひとりで寂しい思いをしなくてすむよ？」

冗談めかした口調に、じんわり耳と胸とが熱くなった。結局、事務所として借りたいというのは口実なのだろう。この家を見たいと言ってくれたのと同じで、なるべく希央に気を使わせずに、励ましてくれるつもりなのだ。

嬉しかったが、厚意に甘えるわけにはいかなかった。ただでさえ、なにもなくても恋心が消えなかったのだ。うっかりそばにいたりしたら、もっと好きになってしまう。隠せないほど好きになって、高瀬に気づかれるのだけは避けたかった。

「すごく嬉しいですけど、僕なら大丈夫です」

「そう？　じゃあ引っ越し作業も手伝ってもらえるね」

高瀬はにこやかに言って組んだ手の上に顎を乗せた。「重いものもあるから、頼りにしてる」

「……あの、大丈夫っていうのは、借りたいとか気を遣ってもらわなくても大丈夫っていう意味です」

「事務所を探してるのは本当だよ。それとも、おれに貸すのはいや？」

「いや……ではないですけど……」

困る、と希央は目を泳がせた。高瀬は「よかった」と朗らかに立ち上がった。

「じゃあさっそく、戻って準備しないとね。駅前で昼飯食ってから帰ろうよ」

カップ洗うよ、とマグカップを取られ、希央も慌てて立ち上がった。

「僕が洗います。……あの、でも」

「うん？　なにか食べたいものある？」

故意にだろう、高瀬は話をはぐらかしている。洗い物をするあいだも何度か断ろうとしたが、そのたびに違う話題を振られてしまい、流されるように外に出た。

戸惑いっぱなしの希央を見下ろし、高瀬はくしゃりと頭を撫でてくる。

「心配しなくても、家賃は相場で払うよ」

「相場なんて……お金は全然、タダでもいいんです。でも」

「タダはだめでしょ。安心してよ、金額はおれが調べておくし、手続きとか必要なこともやっておく」

楽しみだなあ、などと周囲を眺める高瀬は、もうすっかり借りられる気でいるようだった。

「このへんって景色もいいよね。川が近くにあるのとか、散歩も気持ちよさそう」

たしかに、のどかな眺めは気に入る人も多いだろう。それくらい田舎なのだ。つられて田んぼや畑に視線を向けて、希央はもう一度言った。

「都心に出やすいって言っても一時間半もかかって、通勤大変ですし——事務所のほかの人から文句が出ちゃうかもしれないですよ？」

「ほかの人はいないよ。会社は基本的におれひとりでやってる」

面白そうな表情で、高瀬が希央を見下ろした。

「おれは通勤ない分、朝も夜も時間が取れるから、希央のごはん作ってあげるね」

「…………はい？」

希央は何度もまばたきした。高瀬は笑いをこらえながら、また髪をくしゃりと撫でてくる。

「昨日言ってたじゃない。都内に借りてるアパート、そろそろ解約しないといけないって。

でもここにひとりで住むのは気が進まないんだよね？」

「——僕、そんなことまで喋ったんですか……」

実際、バイトもまともにできない状態で都内のアパートに住み続けるのは、金銭的に苦しい。少ない貯金は底をつきかけていた。祖父が昔世話になっていたという税理士の人が手続きをしてくれて、こちらの家の相続税自体は減税されたものの、多くない祖父の死亡保険金から支払うと、手元にはほとんど残らなかったのだ。

節約のためには、祖父の家に住んで新しい就職先を探すのが一番ではあるのだが、そんな面倒な内情まで、みんなにぶっちゃけてしまうつもりはなかった。

「おれと二人なら希央も寂しくないでしょ。事務所も兼ねてれば、おれは基本的に朝から晩まで家にいられるから」

「……そんな」

泣きたい気持ちで希央は首を左右に振った。関わりができるだけでも気が重いのに、一緒に暮らすなんてあり得ない。

「あの、お気持ちだけで……」

「希央？」

高瀬は完璧すぎる笑顔で首をかしげた。

「まさか、いやだなんて言わないよね？　希央が自分で言ったんだよ、おれのお願いを聞いてくれるって。できることならなんでもやるんだよね？」

うっ、と希央はつまった。万人受けする癖のない美形の笑顔なのに、目だけが妙に怖い。

「い……言いました、けど」

「おれと一緒に住んでおれのごはんを食べるのは、雑用よりできないこと？」

一歩つめよられ、希央は混乱しきって視線を逸らした。できることなら断りたい。なんでこんなことになってしまったんだろう。

だが、高瀬がこんな言い方をするのも厚意なのだ、ということも、わかってはいた。つまり昨日は、それだけ心配をかけたということだ。誰にでも優しくて面倒見のいい高瀬が、放っておけない、と思うくらい。

迷惑をかけっぱなしで、できることはやってお返ししよう、と思ったのだから、ここは厚意を受け取っておいて、毎日少しずつでも雑用とかをしたほうがいいかもしれない。それに、あんまり固辞したら、かえって不審に思われるのではないか。やましい恋心に気づかれるのは希央が困る。親切をむげにするのも申し訳ないし。

(一緒に暮らしても、僕が高瀬先輩をこれ以上好きにならなければいい……ていうか、好きになっても叶うわけじゃないもんね。ばれなければいいんだ)

ぐらつく思考でそう考えて、希央はこわごわ高瀬を見上げた。笑顔で返事を待っている彼に、頑張って笑みを返す。

さえた。


「えっと……その、ありがとう、ございます」

「よくできました」

高瀬は満足そうにまた頭を撫でてくれ、希央はすでに痛い気がしてきた胃をこっそり押さえた。


二週間後の日曜日は、春のようにあたたかい陽気になった。重い荷物を運ぶと汗ばむほどで、希央は玄関から外に出ると額を拭った。門は開け放してあり、軽トラックが荷台を家に向けて駐車されている。車にもたれて清太がスポーツドリンクを飲んでいて、希央を見ると新しいペットボトルを渡してくれた。

「これ、日向たちから差し入れ」

「ありがとう、助かる」

高瀬の引っ越しの手伝いのために、清太と日向、それに王子谷が来てくれていた。冷たい飲料が、ほてった身体に染み渡る。車の日陰側に清太と並んでもたれると、清太は家を見上げた。

「まさか高瀬先輩が希央の家に引っ越すなんてなあ」

「僕もびっくりしてる」

嘘か夢だったらいい、と思っているうちに高瀬が引っ越しの日取りを決め、あっというまに今日が来てしまった。彼が使うことになったのは、客間と二階の一室だ。そこならもともとあった家具が少なく、すぐに使えるからと決めた。

そうした話しあいをしていても現実味がなかったのだが、荷物を運び入れていると、いよいよ今夜から二人で過ごすのだ、と実感が湧いてきて、緊張で胃がひっくり返りそうだった。希央は清太の横顔を窺った。

「荷物運び疲れるよね？　よかったら今夜泊まっていきなよ」

「いや、帰るよ。明日仕事だからな」

清太はあっけなく言って荷運びを再開しようとし、慌てて袖を摑んだ。

「朝！　朝早くに帰ったほうが電車空いてるしいいんじゃない？　泊まったほうが絶対楽だよ！」

「ここから都内に戻るなら夜のほうが空いてるだろ」

「そ――そうかもしれないけど、でも、泊まってほしいんだってば」

きゅっと袖を引っ張って、希央は諦めて打ち明けた。

「気づまりなんだ……ほら、先輩って綺麗好きそうじゃない？　僕ずぼらだから、リビングでゲームしてて寝落ちとかしたら怒られそうだし、掃除も苦手だから憂鬱なんだよね」

「憂鬱って、おまえ」

清太が呆れた顔で見下ろした。

「先輩と同じ家で暮らすとなったら気を遣うのはわかるけどな。そんなに気が進まないなら、断ればよかっただろ？」

あまりにも正論で、希央は居心地悪く俯いた。

「だって、先輩が事務所探してて困ってるって言うから……飲み会で迷惑かけた分、お返ししないといけないと思って」

「そんなことで貸すことにしたのか？　飲み会での迷惑なんかいちいち気にしてたらきりがないだろう」

清太はため息をついたものの、希央の顔を見ると思い直したように、袖を摑んだ手を優しく叩いてくれた。

「大丈夫、すぐ慣れるって。それに、俺はよかったと思ってるんだ」

ぎこちなく手の甲を撫でられて、清太の顔を見上げる。普段ぶっきらぼうな彼には珍しいスキンシップだった。清太は照れくさそうな顔をした。

「麻衣子先輩の送別会のときの希央、ほんとに危なっかしかったからさ。入ってきた瞬間『大丈夫か？』って心配になったレベルだった」

「そんなに？」

「そうだよ。瘦せたし、顔色も悪くて、強くないのにビールも日本酒もワインも飲んで、無理に明るく笑ってて……酔っ払ったら寂しいとか苦しいとか言い出したからな」

「ごめん、ほんとに。麻衣子先輩だけじゃなくて、みんなに謝らないとだめだね」

「馬鹿、誰も怒ったりするわけないだろ。おじいさんが亡くなったこと、打ち明けてもらえてよかった」

淡々としていても、清太の声音はあたたかかった。

「高瀬先輩も放っておけなかったんだと思うぞ。俺としても、希央のそばに誰かいてくれたほうが安心だから、引っ越しのこと聞いたときは驚いたけど、安心もしたんだよ」

励ますように手を握りしめつつ、清太はもう一方の手で希央のおでこをつついた。

「緊張なんかしないで、のんびり甘えさせてもらえよ」

ちょうどそのときだった。清太、と明るく声がかかる。

「楽しそうな休憩タイムを邪魔して悪いけど、ソファー運ぶの手伝ってくれない？」

半袖姿の高瀬が、荷台に手をかけていた。

「希央はクッション運びながらチアリーダーのつもりで応援してよ」

「？　チアリーダー、ですか？」

「元気に飛び跳ねたら、緊張も吹き飛ぶかなと思ってさ」

「……！」

もしかして、清太との会話を聞かれただろうか。かあっと赤くなった希央に、高瀬はいたずらっぽくウインクを寄越した。

「そんなに几帳面でも綺麗好きでもないけど、掃除はおれがやるから気にしないで。それに、余計な干渉はしないようにする。ちゃんと希央のプライベートは大事にするし、ゲームで寝落ちするとか、細かいことで機嫌悪くしたりもしない」

「っ、僕、日向手伝ってきます！」

全部聞かれていた、と思うといたたまれなくて、希央は逃げ出した。

家に駆け込み、けれど王子谷と一緒に二階にいる日向のところに行く気にはなれずに、バスルームへと避難した。昨日、一日かけて洗面所と浴室はぴかぴかにしたのでやることはないのだが、浴槽のふちに腰掛けて、深いため息をつく。

「やっぱり就職先、急いで探さなくちゃ」

清太は甘えろなんて簡単に言うけれど、無理な気しかしない。希央も昨日まで、泊まり込みで掃除をしながら「先輩と二人暮らしなんて夢みたい」と前向きに考えようとしてみたのだ。彼と恋人同士だと想像したら、両思い気分を味わえるんじゃないか、などと思ってみたけれど——気持ち悪い妄想をしていると悟られるリスクを考えると、とてもじゃないがエンジョイできそうもない。

仕事さえ見つかれば、都内のほうが便利だからと言い訳ができる。大学時代から住んでいるアパートは、まだ解約していなかった。仕事が理由なら、高瀬も無理には引き止めないだろう。高瀬との同居がなくても、いつまでもアルバイトだけ、それも休みがちなままで暮らしていけるわけがないのだから、ちょうどいい機会だと思うべきだった。

まずは面接を受けないと、と顔を両手で挟むと、洗面所の入り口から高瀬が顔を覗かせた。

「こんなところにいた。どうしたの？」

「いえ、ちょっと掃除しようかなって」

咄嗟に笑顔を作って立ち上がる。一段低くなった浴室から洗面所へと上がると、高瀬は周囲を見回した。

「もう掃除するとこなさそうだよ。ありがとね、綺麗にしておいてくれて。ここだけじゃなく、家中ぴかぴかになってたからびっくりした」

「さすがに、あのままじゃ先輩に来てもらうのも申し訳なかったので」

「でもひとりで全部やるの大変だっただろう？」

ぴかぴかの洗面台を撫で、高瀬は困ったように首をかしげて、希央の顔を覗き込んだ。

「清太に泊まってって頼み込むくらい、迷惑だと思ってる？」

思いがけず寂しそうな表情に、どきっと心臓が音をたてた。気がつけば距離が近い。一歩あとじさってなんとか笑みを浮かべたが、頬が強張った。鼓動の音が聞こえてしまいそうでさらに離れると、高瀬はいっそう寂しげに目を細めた。

「おれに近づかれるのもいやなんだね。強引に決めちゃったから、希央が本当は迷惑がってるかもしれないとは思ってたけど……脅すみたいな言い方したのが怖かった？」

「こ、怖いなんて、それは全然！」

いかにもしょんぼりと傷ついた顔をされ、希央は首だけでなく両手も振った。

「迷惑じゃないんです！　さっき清太にも言ったけど、緊張するっていうだけで」

「緊張するのも、嬉しくはないよね？」

高瀬はいよいよ悲しそうに目を伏せる。彼に申し訳なく思わせては本末転倒だと、希央は焦って言い募った。

「いやだってことじゃないんですよ？　先輩のご厚意はありがたいなって思ってて……そ、そうだ！　ちゃんとお蕎麦も買ったんです。引っ越しと言ったらお蕎麦ですよね？　あったかくして食べるか季節的に迷いましたけど、やっぱりざるそばかなと思って、蕎麦つゆと薬味のネギと、七味の賞味期限切れてたからそれも新しくして。先輩がわさび派の可能性も考えて、わさびも用意しておきました。嘘だと思うなら冷蔵庫見てきてください」

「わかった、あとで見てみる」

高瀬はふっと口元をゆるめ、そうするとひどく機嫌のいい表情に見えた。まるでさっきまでの寂しげな顔が演技だったみたいに、「よかった」と言う声もからりとしている。

「そんなに歓迎してくれるなら心配しなくても大丈夫だね。おれも希央と暮らせるのすごく楽しみ」

笑顔のまま、高瀬はさらに顔を近づけた。

「これから、いっぱい仲良くしようね」

ふわっと吐息が唇にかかり、希央はびくりとして仰け反った。あとじさろうと踵を引くと、慌てたせいか身体が傾く。洗面台を摑もうと手を伸ばしたが、それより早く、背中に高瀬の手が回った。

「危ないよ、希央。転んじゃう」

「……っひ、」

目の奥で火花が散って、潰れた蛙みたいな悲鳴が出た。しっかり抱きとめた高瀬の手だけでなく、くっついた腹や腰のあたりにも、布ごしに体温が伝わってくる。腕の力は思っていた以上に強く、一瞬で体温が下がったような、なのに頭や胸だけが熱いような感覚がして、希央は全身を強張らせた。

こういうのは苦手だ。自分が無防備に、すごくみっともなくなる感じ。嘲笑されるしかないような無様な部分が、剝き出しになる感じ。

痛いほどの沈黙が流れた。

高瀬は眉根を寄せると身体を離した。頭を撫でようとしてやめる。

「大丈夫？　ごめんね、触られるの苦手だって知ってたのに……さっき清太に手を撫でられてたから、ついやっちゃった」

「だ――大丈夫、です。すみません」

自分でも過剰な反応だとわかっていた。全身冷や汗をかいていて、湿った手を無意識に太腿にすりつけた。

清太が相手ならよくて高瀬がだめなのは、高瀬が自分にとって、友達でもどうでもいい相手でもないからだ。暴かれそうで恐ろしい。希央は高瀬に恋人がいると知っていながら、ちょっと抱きしめられたくらいでときめくような、あさましい人間だ、ということを。

高瀬はさりげなく洗面所の出入り口のほうに移動した。

「希央が用意してくれたお蕎麦はとっておいて、今夜はピザでも頼んでみんなで食べようよ。手伝ってくれた翔平たちに、お礼がわりに奢らないとね」

なにごともなかったかのような口ぶりがありがたかった。彼に続いて洗面所を出て、そうですね、と頷くと、高瀬はきゅっと伸びをした。

「引っ越しは大変だけど、こうやってみんなとわいわいやるのは楽しいよね。学生に戻ったみたいな気がする」

「……わかります」

どうにか口を笑みのかたちにして、しっかりしないと、と心の中で自分を叱った。高瀬にとってはじゃれて身体に触れるのも、学生みたいなノリでできることなのだ。誰が相手でもできることを、意識するほうがおかしい。

変にぎくしゃくしたら、余計に気持ち悪く思われる。普通にするんだ、と希央は呟いて、ぺちんと両頬を叩いた。

(先輩のことは、ちょっといいなあって憧れてるだけ。お似合いの二人を見て、素敵だなってうっとりするだけで、十分なんだから)

絶対これ以上好きにはならないし、高瀬に気づかれてはならない。さっきみたいな態度を取り続けていたら、高校時代の二の舞だ。

いやな感覚が胸の底に蘇って、希央は震えそうになるのをこらえた。あんな思いは、二度とごめんだった。

＊　＊　＊

昔から、「すごいね」と褒めてくれる人が好きだった。

褒めてもらえると、間違っていないのだと安心できて、その人にとって自分が価値のある存在なのだ、と思うことができた。もちろん幼いころは言語化できたわけじゃなかったし、自覚もしていなかったけれど。

母は褒めてくれる人だった。物心つくころから母は病がちだったので、病院から退院してきた彼女と過ごす時間は宝物だった。歌をうたってみせたり、絵を描いてみせたりして「すごいねえ」と笑ってもらうと、母も希央といる時間を楽しんでくれているみたいで、得意な気分になれた。いい子にしててね、と言われれば絶対守ろうと思ったし、父に「ありがとう」と言われれば誇らしかった。母が亡くなったときだって、おじいちゃんに「希央もよく頑張ったな」と言ってもらえたから、「もう泣かない」と約束したのだ。

数年後に父が亡くなったときは呆然とした。ずっといい子にしていたのに、と悲しかった。学校でもいつも笑って、友達もたくさんいた。お父さんは喜び、先生だって褒めてくれていたのに——どうしてお父さんまで死んじゃうんだろう？　希央の「いい子」が足りなかったから？

後悔でいっぱいで、引き取ってくれた祖父にはなにも言えなかった。寂しくて、怖くて、不安で、それでも「平気だよ」と笑うしかなかった。

なるべく迷惑や心配をかけないように振る舞うのが、希央にとって一番大事なことになった。勉強も部活も、遊ぶのも家事も、一生懸命やればそのあいだは無心でいられるから、少しも苦ではないと思っていた。

でも、きっとどこかで無理をしていたのだろう。だからあの言葉で、簡単に舞い上がってしまったのだ。

ある日、友達に誘われて入ったサッカー部で、「今日はごはん当番だから早く帰る」と話しているのを聞きつけた先輩が、「へえ」と感心したように言った。

「栄恵、偉いじゃん」

あのときの、胸が膨らむような嬉しさは今でも忘れられない。言ってくれたのは部内で一番サッカーがうまく、部員に尊敬されているだけでなく、勉強もできて、野性味のあるイケメンだと女子から騒がれる見た目の——要するに、常に人の輪の中心にいるタイプだったのだ。

国白（くにしろ）というその先輩は、希央がひそかに、いいなあ、と憧れていた人だった。恋をしていたわけじゃない。抱いていたのは「あんなふうに生まれたかった」という羨ましさだった。希央がいつも頑張っているような、笑うこととか部活とか、人に褒められることを、国白はなんなくこなしていたからだ。

今思えば、高瀬とよく似たタイプだった。見目がよく人に好かれて、つきあい上手で、周囲に頼られるポジションだ。希央が憧れたのは、立ち位置そのものだったかもしれない。もちろん、国白だって、そういう人間であるために、陰では努力していたかもしれない。けれど彼は見た目も大人びていて、生まれ持った魅力だけでもきらめいていた。

だから国白に褒められたのは、たまらなく嬉しかったのだ。

国白は、その日以来なにかと希央に声をかけてくれるようになった。今日は時間は大丈夫なのかとか、メシってどんなの作るのとか、希央がボールを蹴るときに一瞬迷う癖があることとか、寝癖がついているとか。友達にも「可愛がられていいな」と冗談半分に言われるくらいで、希央は浮かれた。

サッカーがうまいわけでも、すごく頭がいいわけでも、可愛いわけでもかっこいいわけでもないのに、特別扱いしてもらえる。それは、国白が希央の中に、なにか「いい」と感じるものだあるからだ、と思えた。

誇らしい喜びが恋に変わっても、戸惑いはなかった。小学校時代の初恋は女の子だったけれど、国白みたいに素敵な人なら、同性だって好きになってもおかしくない。自分が彼を好きで、国白も好きだと言ってくれるなら、二人で恋をするのは普通のことのように感じられた。国白の態度も、だんだんとスキンシップが多くなっていて、彼の同級生からは「ペットかよ」とからかわれるくらいだった。

肩を組まれるのも、頭を撫でられるのも好きだった。おまえってよく笑うよなと苦笑され、頬をつままれたりすると胸が熱くなったし、バイト先に遊びにこいよと誘われたときはうきうきした。甘いもの好きな彼に頼まれて生まれて初めてクッキーを焼いて、映画も一緒に観にいって、彼の部屋で宿題をやって。

キスされたときには、ずっと待っていたような気さえした。忙しない息遣いは彼の愛情の強さに思えたし、床に押し倒されたのも、それだけ求められているようでいやじゃなかった。夢中で舌にこたえ、背中を抱きしめ、服を脱がされるのに協力した。握らされた性器はすでに硬く張り詰めていて、どぎまぎしながらぎこちなくこすり上げた。尽くすあいだに首にキスされ、乳首をつままれて、希央は声をこぼした。気持ちよかった。実際に触れられている感触よりも、国白に「好きだ」と思われていることが気持ちよくて、幸せで、このままどうなってもいい、と思った。

　手の中の国白のものがびくんと震え、彼は焦ったように希央を突き放した。そのまま性急にうつ伏せにされ、制服のズボンと下着を引きずり下ろされると、半ば勃起した自分の性器が見えた。国白はそれに触れ、尻を撫で回し、それから後ろの孔(あな)に触った。

　入れるのはやっぱり痛いだろうか。でも、先輩のものなら我慢できる。ひとつにつながってみたい気持ちは希央にもあって、ぐりぐりいじられる初めての感覚の中から、快感を拾おうと目を閉じた。

　国白先輩、と呼んだのは、続けてかまわないという意思表示と、甘えたい気持ちとが入りまじっていたように思う。けれど、彼の名を呼んだ直後、国白は舌打ちした。

「やっぱキモくて無理」

栓を抜いたみたいに、希央を満たしていた幸福感が引いた。振り返ると国白はズボンを直しながら、顔をしかめて吐き捨てた。

「まさかおまえが本気で抱かれたがってるとは思わなかったわ。しかも喘(あえ)ぐとか、変態か？　ただでさえキモい声なのに、人の名前呼んでんじゃねぇよ」

裸で、足元にパンツを絡ませた格好のまま、希央は呆然とした。言われた意味は理解していたが、受けとめきれなかった。

動けない希央に、国白はさっき脱がせた制服を投げつけた。

「さっさと服着て帰れよ」

希央はどうすべきかわからなかった。謝ればいいのか、すがればいいのか。彼の言うとおり帰ればいいのか。

「僕――」

「キモいって言ってんだろ！」

国白はキレた。希央を睨み、いらいらと部屋のドアを開ける。

「おまえが露骨に俺ばっか見るからからかってたけど、調子に乗って彼女ヅラとか痛ぇし、男同士でセックスしてぇの、マジ引くから。二度と俺の前でへらへらすんなよ」

ということは、最初から彼は希央の憧れを、気持ち悪いものだと考えていたわけだ。かまってくれたのも、優しい気がしたのも、ふりだけで本気ではなかった。

そんなはずない、という気持ちとショックで混乱し、希央はその場を逃げ出した。

家に帰るまでは夢中だったが、祖父に「どうした」と案じられてごまかし、部屋でひとりきりになると胸が痛くなった。優しくしてくれたのも嘘だったなんて信じたくない。けれど、言われてみれば優しすぎたようにも思えた。秀でたところのない希央を、学校の人気者の国白が好きになった、というより、からかわれただけだというほうが、いかにもありそうだ。あるいは最初は憎からず思っていたけれど、希央が恋をしてしまったせいで、うんざりしたのかもしれない。

どちらにせよ、希央がセックスを拒まれたことは事実だった。

翌日登校すると、国白の取り巻きの先輩たちは、これ見よがしに希央を笑った。すれ違いざまに「エッチできなくて残念だったな」「キモ声出すんだって?」などと侮蔑的なことを言われ、希央は傷ついた。心のどこかに残っていた、国白を信じたい気持ちがずたずたになって、笑われるたびに自分が潰れていく気がした。

幸い、サッカー部の活動はほどなく試験休みに入り、そのまま国白たちは引退した。夏休みの合宿に参加するころには、希央も「忘れよう」という気持ちになってきて、このまま終わるのだとばかり思っていたのだが、最悪の事態は八月、お盆明けにやってきた。

その日、一か月ぶりに国白から連絡があり、希央は言われたとおり会いに行くかをずいぶん悩んだ。けれどしつこく催促され、「もしかしたら謝ってくれるのかも」と気がついて、行くことにした。場所は国白の家で、上がると部屋で待っていたのは国白だけではなかった。いつも一緒にいる枯森(かれもり)という男が、にやけてドアを閉めた。

なにか変だ、と感じた直後には床に突き飛ばされて、枯森がのしかかってきた。

「俺は国白と違ってこだわりないからさぁ。おまえに突っ込んでやるよ」

もちろん抵抗はした。けれど圧倒的に体格で負ける希央がもがいても、枯森は喜ぶだけだった。突っ込むあいだ国白のをおしゃぶりしてていいから、とか、おまえもいかせてやるからとか、耳を塞ぎたくなるようなことを言われ、服を剝がされかけ、希央は嫌悪と無力感にぞっとした。どこを触られても気持ち悪かった。国白は不機嫌な顔つきで視線を逸らしていて、助けてくれる様子はない。

犯されるしかないのか、と絶望的な気分になったとき、国白が面倒そうに立ち上がった。

「いい加減にしとけよ。警察に言われでもしたら困るだろ、おまえも」

雑な口調だったけれど、一瞬、希央は彼が助けてくれたような気がした。

「馬鹿だな、脅せば言うわけないって」

「だとしても、おまえだって本気でこんなやつとやりたいわけじゃないだろ」

国白はつまらなそうに希央を一瞥した。

「せめて可愛けりゃいいけど、地味で普通でいいとこなんにもないんだぞ。だったらブサイクな女とやるほうがましだって。――N高のやつから連絡来たから、行くぞ」

女連れだ、と国白はスマートフォンをちらつかせた。枯森は興がそがれたように顔をしかめ、それでも希央の上からどいた。

「やれる女なんだろうな、その連れって」

「たぶん」

「あーあ、せっかく噂の喘ぎ声、笑ってやろうと思ってたのに」

にやけながら枯森が希央を見下ろす。国白は尻ポケットにスマホを入れながら、小馬鹿にするように笑った。

「やめとけって。突っ込んでやったら惚れられるぞ」

「それは勘弁だわ。ガチで好かれたら吐く」

二人は笑いあって希央に視線を投げかけた。ゴミでも見るような目つきだった。

(……そっか。僕が誰かを好きになるのは、気持ち悪いことなんだ)

悲しいとか、腹が立つといった感情は湧かず、ただ恥ずかしかった。彼らにとって、希央は価値がなく、どう扱おうが心の痛まない存在なのだ。淡い憧れや恋心は嘲笑の的で、容姿や声はけなす対象で――捨ててしまうゴミみたいに、どうでもいい。

傷つききって新学期を迎えると、枯森が言いふらしたのか、希央は国白に振られたことになっていて、先輩からも、同級生からも、希央はひそひそと指差される存在になった。勘違いして恋をした、みっともない馬鹿。誰もが希央の恋を笑っているようで、心はどんどんひしゃげていった。

苦しい、と思いながらも不登校にならず、誰にもすがらなかったのは、ただ祖父に心配をかけたくない一心だった。

耐えて、笑って、やりすごして。けれど、重たく容赦ないハンマーに叩き潰されたような心地は、結局国白たちが卒業したあとも、希央自身が卒業したあとも、いつまでもつきまとうことになった。

＊＊＊

引っ越し作業は夕方に無事終わった。

一軒だけ配達圏内のピザ店でオーダーし、みんなで食べながら、希央は「先輩を歓迎して」と称して歌をうたった。ちらしを丸めたマイクで『木綿のハンカチーフ』を熱唱したら古いチョイスが妙に受けたのが、今日一番のいいことだった。

和気藹々（あいあい）とした打ち上げが無事に終わり、日向たちが帰ってから、希央は後片づけのかたわら、できるだけほがらかに切り出した。

「先輩、お風呂先にどうぞ。沸かしておきましたから」

「ありがと、そうさせてもらう」

「それと、明日から何日かは、東京のアパートで過ごすつもりなので、僕のことは気にしないで、家の中のものは自由に使ってくださいね」

「――アパート、まだ解約してないんだ?」

リビングを出ていこうとしていた高瀬が振り返った。眉根が寄っていたが、希央は気づかないふりで頷く。

「フードデリバリーの仕事ってやっぱり都内が多いんですよ。それに、そろそろ就活もしたいんです。もちろん、先輩のご厚意を無にするつもりはないから、週末とかはこっちに来て、おじいちゃんの部屋も片づけますね」

なるべくにこにこしてみせたが、高瀬の表情はゆるまない。どころか、どんどん眉間の皺が深くなった。

「希央もここに住んでくれないなら、同居の意味ないじゃん」

ちくんと胸が痛んだ。そりゃ腹も立つよな、と思う。せっかく心配して世話を焼いて、引っ越しまでしたのに、肝心の後輩が喜ばないなんて、失礼だと憤るのも当然だ。

でも、一緒にいて普通にできる自信が、希央には全然ない。だから申し訳ないと思いつつも、へらへら笑うしかなかった。

「あっ、もしかして週末のほうが僕がいたら邪魔ですか？　ですよね、僕がいたら恋人呼んだりできないですもんね。家で会う予定があるなら、逆に平日、水曜日だけとか戻ってくるんで、遠慮しないでくださいって宮城先輩にも伝えてくださいね」

高瀬は小さくため息をついて視線を逸らした。

「気を遣ってくれなくても、恋人はいないよ」

「えっ……」

思わず「いないんですか？」と聞きそうになり、希央は口を押さえた。

――ということは、宮城とは別れたのかもしれない。飲み会のときは親しげに見えたけれど、そういえば隣同士には座らなかった。

もしかしたら自分のせいかも、とちらりと思ったが、尋ねるのも無神経な気がして、頭を下げた。

「すみません。でも、いつまでも同居っていうわけにはいかないですよね。この家は、先輩が気に入ってくれたなら、長く使ってもらってもいいんです。だけど、僕がいたら仕事の邪魔になるかもしれないですし」

「希央は全然、邪魔じゃないけど」

高瀬はもう一度ため息をついた。

「たしかに、いつまでも同居は、おれもいやかな」

今度はずきん、と心臓が痛んだ。意味深な高瀬の口ぶりは、機嫌がいいようには聞こえなかった。呆れられた、と思うと傷ついて、なんて馬鹿なんだろう、と希央は自嘲した。

優しくされたら「好きになってしまう」と困るくせに、怒らせたと思うと嫌われそうで悲しいとか、どっちなんだよ。

どうせ叶わない恋なら嫌われたっていい、と考えればいいのに、印象を悪くせずにいたいと願うなんて、諦めが悪くてみっともない。

希央はぎゅっとピザの箱を潰した。

「なるべく早く、先輩が心配しないですむようになりますね。——引き止めちゃってごめんなさい。お風呂、ゆっくり入ってきてください」

「うん」

低い、ごく真面目なトーンで高瀬が言った。

「おれも、早く心配しなくていいようにしようと思ってる」

どういう意味だろう、と希央は振り返ったが、高瀬はもう部屋を出たあとだった。

翌日、高瀬が作ってくれた朝食を恐縮しながら食べている最中に、彼が切り出した。

「この近くのコンビニって、駅のほうにしかない？」

「もう一軒ありますよ。駅とは逆側で、幹線道路ぞいにあるからけっこう大きい店舗なんですけど、距離的には駅前のと同じくらいです」

「じゃあ、あとで道案内してくれない？　ひとりで行きたいときもあると思うから」

さらりと高瀬は言って、希央は少しほっとした。わざわざ「ひとりで行きたいときもある」と言ったのは、ここに住まずに都内のアパートを使いたいという希央のわがままを、受け入れてくれた証拠だろう。

わかりましたと請けあって、食事のあと希央が荷物の入ったデイバッグを持っても、高瀬はとがめるようなそぶりを見せなかった。かわりにのんびりと「今日は野菜も買いたいな」などと言う。

「スーパーは、駅前が一番近いんだよね？」

「はい。コンビニのある幹線道路を車で二十分くらい行くと、道の駅があって野菜は安いんですけど、車がないと無理な距離なんですよね」

「このへんだと車は必需品？」

「なくても普段の生活はなんとかなりますけど、自転車はあったほうがいい感じです」

希央も高校生まで、自転車で駅や学校まで行くのが当たり前だった。雨の日は大変だったなと思い出し、ふと不安になった。

幹線道路沿いのコンビニは長いこと行っていない。月曜日の午前中だから同級生に出くわす可能性は低いだろうが、店員が知り合いという可能性はある。顔見知りじゃありませんように、とひそかに祈って、到着した店内に入る。

仕事の途中に立ち寄ったとおぼしき男性が数人いるほか、店員が二人いたが、どちらも中年の女性だった。見覚えはなくて、ほっと胸を撫で下ろす。高瀬は品出ししている店員の後ろを通りすぎ、冷凍食品やアイスクリームの並ぶケースを覗き込んだ。

「希央、アイスは何味がいい？」

「僕はなんでも。先輩が好きなのにしてください」

どうせあまり家にはいないし、と思いつつ返事をしたら、高瀬はくい、と袖を引いた。

「だめ、希央も食べるんだから、選ばないと」

「――え、でも」

「アイス選んだら飲み物ね。希央、ジュース好きでしょ。りんごとかにしとく？　お風呂上がりに飲みたくない？」

まるで、希央が一緒に暮らすみたいな言い方だ。同居はしないと納得してくれたはずでは？　と混乱していると、しゃがんで背を向けていた店員が振り返った。希央を上から下まで眺め回し、満面の笑みを浮かべる。

「やっぱり！　名前が聞こえたからもしかしてと思ったんだけど、栄恵さんちの希央くんよね？」

彼女は親しげに希央の腕を叩いた。

「変わらないわねえ。私のこと覚えてないかしら、高校のときうちの娘と同じクラスだったでしょ。学校であなたを見たことあるわ。たしかおじいさんと二人暮らしだったわよね。もしかして、こっちに戻ってきたの？」

「いえ……今日は、ちょっと」

言葉を濁しながら、希央は血の気が引く思いだった。まったく見覚えがないから、サッカー部の保護者ではないはずだが、ご近所ネットワークで彼——国白や彼の友人の親の耳に、希央がいた、と入らないとも限らない。

「希央、チョコアイスどっちがいい？」

高瀬が割り込むように、手にしたカップアイスを突き出した。ついでに、女性店員に向けて笑顔で会釈する。誰が見ても整った顔立ちの高瀬に微笑みかけられた女性は、急に恥ずかしそうに肩をすぼめた。

「あらやだ、お友達も一緒なのにごめんなさいね。おばさんここで週に三日働いてるから、また来てね」

「——はい。ありがとうございます」

希央はよく見ないでカップアイスをカゴに入れた。落ち着かなければ、と思ったが、レジで会計をすませるあいだも、頭の中は不安でいっぱいだった。

どうしよう。あの感じだと、彼女は娘や近所の知り合いに言いそうだ。今日コンビニで希央くん見かけたのよ、友達と一緒だったんだけどね、とか。

「荷物、おれが持つよ」

あたたかい指が手に絡みついて、希央ははっとした。アイスとジュースの入った袋を取り上げた高瀬は、希央の目を見て気遣わしげに首をかしげた。

「飲み会のとき、地元で知り合いに会いたくないって言ってたの、もしかしておれが思ってるのより深刻な感じ？」

ぐらりと目眩がした。馬鹿馬鹿馬鹿、といくら自分を罵っても足りなかった。

「………飲み会で、僕、そんなにいろいろ言ったんですか？」

「いろいろってほどじゃないよ。おじいちゃんが死んじゃったことと、寂しいっていうのと、もっと帰ればよかったって後悔してるけど、今も怖いのが情けないってことくらい。なんで怖いのっておれが聞いたから、知り合いに会いたくないんですって教えてくれたけど、それだけ」

全部じゃないか、とため息が出たが、それでも一応、国白のことは言わなかったのが救いだった。どうにか笑顔を取り繕う。

「ほんとすみません、うざかったですよね。知り合いに会いたくないのも、べつに深刻ではないんですよ。黒歴史だから恥ずかしいってだけです」

高瀬は真摯な表情を崩さなかった。

「希央がおじいちゃんの家で暮らしたいと思ってるのにできないなら、手伝いたいと思ってたけど、どうしても無理なら、都内で一緒に住むのでもおれはかまわないよ。ここに来るときはつき添うから、希央がいいほうにしよう」

「僕がいいほうって」

どうしてそこまで、と希央は不思議に思った。昨日、いつまでも同居はいやだと言っていたのだから、高瀬も他人と暮らすのが大好きというわけじゃないはずだ。なのに希央と一緒に住むのにこだわるのは、彼が底なしに親切で、面倒見がいいからだろうけれど。

「先輩、昨日引っ越してきたばっかりじゃないですか。そこまで心配してくれなくてもいいですよ」

「心配するよ。希央がほんとのこと打ち明けてくれないから、ずっと心配してる」

笑ってごまかそうとした希央の腕を、高瀬が摑んだ。希央が困惑するくらい、真剣でまっすぐな眼差(まなざ)しだった。

「好きだよって言ったら、希央は今でも迷惑？」

ずきりと胸に痛みが走った。車道を猛スピードでトラックが通り過ぎていく。エンジンの音で聞こえなかったことにしたかったけれど、希央は目を見ひらいたまま、なにも言えなかった。高瀬は静かに言い直した。

「大学時代も、希央のこといいなと思ってたんだけど、希央は誰とも恋愛する気ないみたいだったから。おれが近づこうとすると全力で逃げてたでしょ。全然隙がないし、おれにだけずっと挙動不審だから、好きだと思われるのもいやなんだろうなってわかってた」

「――あれは」

挙動不審だったのは自分の気持ちを隠すためだ。でも、誰とも恋愛する気がなかったのは当たっていた。高瀬はそっと腕を離し、かわりに手を握った。

「でも今の希央は隙だらけだ。酔っ払うし、泣くし、一緒に寝るのもいやがらなかったし、清太にも触らせてた」

「せ……清太はべつに」

「わかってるよ、仲がいいだけだよね。でもおれが近づいただけでびくつくのに、清太は大丈夫なんだって思うと、焼きもちも焼きたくなる」

高瀬は怒ったような、拗ねたような表情で、幹線道路から家のほうへ道を曲がった。

「自分でもかっこ悪くていやだけど、それだけ希央が好きってことだから」

足の下のアスファルトがぐにゃぐにゃになったみたいな気がして、希央は俯いた。絡んだ指が熱い。反則だ、と心の中でなじってみる。

逃げられないくらいはっきり「好き」と言うなんて、しかも前から好きだったなんてずるい。こっちはずっと失恋したと思っていて、それでも片思いしていて、好きにならないようにしようと頑張っていたのに。だいたい、大学時代は宮城とつきあっていたくせに――。

（……そっか。別れた、んだっけ）

昨日「恋人はいない」と言われたことを思い出して、じゅっと肺が焼けるような痛みを覚えた。ちゃんと想いあっていた恋人同士が別れてしまうのも、きっとせつないものだろう。高瀬は今、たぶん寂しいし、傷ついているのだ。

希央に好きだなんて言ってくれるのは、そのせいなのだろう。

素直に喜んでもいいはずが、幸せだとは思えなかった。国白のことを生々しく思い出してしまったせいか、高瀬が国白とは全然違う人間だとわかっていても、手放しで舞い上がれない。

希央はつながれた手を見下ろした。指が長くて、爪まで綺麗でかっこいい高瀬の手が、しっかり希央の手を摑んでいる。

(嬉しいけどつきあえませんって言えば、僕はつらい思いする心配がないけど……)

断れば、高瀬にいやな思いをさせてしまう。

本音か嘘かわからなくても、好きでいてくれる相手を切り捨てるのは、希央にはできなかった。好意が強いほど、拒絶されたときの悲しさも深いのは、よく知っているから。

迷って、迷って、結局希央は笑うことにした。

「やだなあ先輩ってば、そんなに好きなら、もっと前に言ってくれればよかったのに」

「――希央」

高瀬がせつなげに眉をひそめる。希央は思いきって手をほどき、かわりに腕にしがみついた。

「すっごく嬉しいです！　高瀬先輩みたいな人に好きって言われるなんて夢みたい。僕ずっと彼氏ほしかったんですよねえ。ほら、日向が王子谷先輩とつきあってるでしょ。日向がいっつも幸せそうだから、いいなあって羨ましくて、僕にもあんな素敵な恋人がいたらなって」

「夢みたいなんて思ってないだろ」

はしゃいだ希央とは反対に、高瀬は深いため息をついた。

「希央って見た目に反して、全然素直じゃないよね。——まあ、そういう危なっかしいところも好きになった一因なんだけど」

力なく高瀬の腕を離した希央を見下ろし、高瀬は「覚えておいて」ときっぱり告げた。

「おれは諦めが悪いから、希央がはっきりつきあえませんって言うまでは、恋人のつもりで振る舞うよ」

「……高瀬先輩」

「簡単には、逃がさないから」

希央の肩を、高瀬は強く抱き寄せた。

待ちあわせた喫茶店に現れた清太は、髪に寝癖をつけて眠そうだった。

「土曜日の朝早くから、どうしたんだよ」

「ごめんね、せっかくの休みなのに」

あくびまでしているのに、理由も言わずに呼び出しても応じてくれたのだから、清太はやっぱり優しい。好きなの頼んで、とメニューを渡すと、清太は二度目のあくびをしながら首を振った。

「コーヒーでいい。昨日会社の飲み会で遅かったから、かえって助かったよ。無理にでも起きれば原稿が書けるからな」

「清太って偉いよね」

「好きなことをしているだけだ。夏前までは時間のやりくりがうまくいかなかったんだが、最近やっとペースが摑めて、リズムを作れるようになってきたところだ」

運ばれてきたコーヒーにたっぷり砂糖を入れ、清太はじっと希央を見つめてきた。

「で、おまえは？」

「あー……、えっと、久しぶりに映画館行こうかなと思って、清太誘おうと思ってたんだけど」

見透かすような清太の目で見られると、やましさでどうしてもそわそわする。

「忙しいならいいよ、ひとりで行く」

「なんでひとりなんだ。高瀬先輩は？」

「休みの日だから、邪魔しちゃ悪いでしょ」

愛想笑いを浮かべてみせたが、清太はじろりと睨んだ。

「希央。おまえは自分が嘘が下手だってことを、自覚したほうがいいぞ」

「うっ、ううう嘘なんかついてないけど？」

「まさか、おまえも高瀬先輩と喧嘩でもしたのか」

希央のごまかしを無視して清太はコーヒーを飲み、希央は「してないよ」と言ってから首を捻った。

「僕、も？」

「ああ、日向がな」

清太が頷くのと同時に、喫茶店のドアが開いた。鈴の音がかろやかに響く中、入ってきた日向が、店内を見回すとすぐに近づいてくる。

「もう、清太ってば待っててくれないんだもん」

憤慨しながら清太の隣に座り、明るくアイスティーをオーダーする日向を、希央はぽかんと見つめた。日向は恥ずかしそうに頬を染めた。

「昨日翔平さんと喧嘩しちゃって、清太のとこに押しかけてるんだ。希央から清太に連絡来たの見て、ぼくも行くって言ったのに、清太ってば先に出ちゃったんだよ」

「えっ、日向、王子谷先輩と喧嘩なんてするの？」

なによりそこにびっくりした。王子谷はとにかくひたすら日向を可愛がっていて、日向は王子谷のことが大好きだから、喧嘩しているところなんて在学中は見たことがなかった。

「するよぅ。昨日だって、ぼくの言い分を聞こうともしないで、いきなり頭ごなしにだめだって言うんだもん。だったらもう知らないって言い返して、出てきちゃった。——で、希央は？　高瀬先輩と暮らすの、どんな感じ？」

不満顔から一転、日向はアイスティーをストローでかき混ぜながら目を輝かせた。清太も身を乗り出してくる。

「その様子だとうまくいっていなくて相談だろう？　やっぱりゲームで寝落ちすると怒られるのか？」

「怒られてないよ。先輩は優しいけど……」

むしろ、優しすぎて困るほどだった。

簡単に逃がす気はない発言から今日で六日。食事は最初の宣言どおり毎回作ってくれるし、買い物は「知り合いに会いたくないでしょ」と全部行ってくれるし、風呂上がりには「髪の毛乾かしてあげる」とか言われる。朝と夜の挨拶はハグがついていて、食事の支度とか後片づけのときには、さりげなく頭を撫でられたり、背中に触られたりする。慣れない距離感に希央が挙動不審になっても、「少しずつでいいから慣れて」と容赦してくれない。映画のヒロインを持ち出して「似てる」と言われたりして、毎日恥ずかしさとときめきで息がとまりそうだった。

希央を甘やかす高瀬は、それはそれはかっこいいのだ。

（あんなふうにされたら、大嫌いでも大好きになっちゃうよ）

今日は映画に誘われていた。デートしようよ、と言われてしまい、就活を理由に逃げ出して、いっぱいいっぱいいっぱいの心を少しでも紛らわせたくて清太に声をかけたのだった。

「その……優しすぎるんだよね」

カフェオレのグラスをいじり回すと、日向と清太は顔を見合わせた。

「じゃあ幸せじゃない」

「もしや惚気か？　惚気は聞かないぞ」

「惚気じゃないよ！　困ってるんだってば」

不思議そうな二人に、希央は唇を尖らせた。

「ごはん作ってくれたりとか――髪も乾かしてくれて、よくじーっと見られたりするんだよ。僕が困ってると、希央はアメリみたいだよねとか言うし」

「アメリって、映画の？」

「そう。自分の幸せに慣れてないところが似てるんだって。全然似てないのに」

もっと欲張りになってもいいんだよ、と髪を撫でられたことを思い出し、希央は赤くなった。あのときはまずかった。きゅううん、と強く胸が疼いて、うっかり抱きつきそうになるくらい嬉しくて。

「……ああいうの、すごい、困る」

日向と清太は再び顔を見合わせ、日向がにこにこした。

「よかった、幸せそうだね。きっと高瀬先輩も、希央とつきあえることになって浮かれてるんだよ」

「は……、え?」

希央はあやうくカフェオレを噴き出しそうになった。

「つっ、つきあうって、なんで……っ」

「なんで気づいたか? だって変でしょ、急に一緒に住むなんて。ぼく、きっと飲み会でお持ち帰りされたときにつきあうことになったんだろうなって思ってたんだ。大当たりだったね」

「全然違うよ!」

「惚気たくせに照れることはないぞ。高瀬先輩は大学時代からおまえのこと気に入ってたしな」

清太は腕を組んで納得顔で、清太まで、と希央は泣きたくなった。

「誤解だよ。だいたい高瀬先輩は、ずっと宮城先輩とつきあってたじゃん」

「それは昔、希央が逃げまくってたからじゃないか？　高瀬先輩どころか、住吉先輩とか、後輩の子とかにも好かれてたのに、気づかないふりばっかりしてただろう」

「そうだよ。ぼくも不思議だったんだよね。希央も高瀬先輩のことは好きそうに見えたのに、どうしてつきあわないのかなって」

「だよな」

「──な、なに言ってるの」

周知の事実みたいに頷きあう二人に、希央はふるふると肩を震わせた。

「べつに僕は、高瀬先輩のこと好きとかじゃ──」

清太は呆れた表情で希央を見た。

「どうして隠す？　好きだったじゃないか。明らかに高瀬先輩にだけおかしな態度だったから、俺でさえわかってたぞ。高瀬先輩だって気づいてたんじゃないか？」

一番聞きたくなかった事実に目の前が暗くなって、希央は俯いた。まさかそんなにばればれだったとは。さぞ滑稽だっただろう、と思うと恥ずかしくてたまらず、希央は耳を押さえて「ごめん」と呟いた。

「僕なんかが先輩を好きとか、気持ち悪かったよね……」

「は？　誰もそんなことは言ってないだろう」

清太が憮然(ぶぜん)とした声で言ったが、希央はそれどころではなかった。

「きっと高瀬先輩も気がついてたから、可哀想だと思って、好きだなんて言ったのかも」

だとしたら、宮城と別れて傷心なのだろう、などと考えるのは思い上がりだった。高瀬が希央みたいにみっともないわけがないのに、同列に扱うなんて失礼すぎる。

「断ったら悪いとか思ってたけど、何様のつもりだって感じだよね」

今からでも高瀬に謝りたい。というか、もう顔をあわせないで逃げてしまいたかった。

ううう、と唸ると、日向が硬い声で呼んだ。

「希央ってさ、なんでときどき、そんなに卑屈になるの？」

「まったくだ。ちょっとおかしいぞ」

清太の口調も怒っていて、顔を上げると二人とも希央を睨んでいた。

「せっかく高瀬先輩が好きって言ってくれて、希央も好きなのに、素直に喜ばないなんてもったいないよ。大事にしてもらってるんじゃないの？　一緒に住むことにしたのだって希央のためでしょう」

「たしかに高瀬先輩は面倒見のいい人だが、同情で好きだと言ったり、わざわざ引っ越したりはしないはずだ。心配してるだけならそこまでする必要はないんだからな」

「——でも」

清太と日向の言い分が正論なのはわかる。希央だって、自分の立場にいるのが友達だとしたら、大丈夫だよと励まして、両思いでよかったねと祝福するところだ。だが、自分の

こととなると、どうしても身構えてしまう。

恋人同士になったとして、その先に待っているのは「キモい」と軽蔑される未来じゃないか、と怖いから。

「もっと自信持ってよ」

日向がぎゅっと手を握ってくれて、希央は少しだけ微笑んだ。励ましてもらっているのに、上向きの気分になれない自分がいやだ。好きだとか、好かれて嬉しいとか、素直に思えるなら希央だってそうしたかった。

いい加減あのことを忘れられたらいいのに、と考えると、肋骨(ろっこつ)がきしむように痛んだ。潰れる。重たいハンマーで叩かれて、ぺしゃんこになる。

(——高瀬先輩には、キモいって思われたくない)

嫌われたくなかった。それくらい、高瀬は希央にとって特別な人だから、両思いになってから幻滅されるくらいなら、失恋したほうがましだった。

「僕、傷つくのいやなんだ」

じっと見つめてくる日向と清太を順番に見つめ返すと、清太は唸るように言った。

「傷つかずに恋愛はできないと、すべての恋愛ものが証明している。——が、わかった。日向、高瀬先輩に連絡してくれ」

オッケー、と日向はスマートフォンを取り出して、希央は慌てて手を伸ばした。

「待って！　なんで？」

「なんでじゃないよ。ぼくも、高瀬先輩に来てもらったほうがいいと思う」

器用に希央の妨害をよけて日向はスマートフォンを操作して、「もしもし、翔平さん？」と話しはじめた。清太と一緒に近くの喫茶店にいるから高瀬を連れてきてほしい、と頼むと「じゃああとで」と明るく通話を終えて、希央はテーブルに突っ伏した。

「なんで呼んじゃうんだよ……。日向、王子谷先輩と喧嘩したって言ったくせに、連れてこいって頼むなんて」

「べつにたいした喧嘩じゃないから、来てくれたら謝るよ」

さらっと日向は言い、ケーキとアイスティーを追加注文した。

「翔平さんがうるさくいろいろ言うのは、心配してくれるからだってわかってるんだ。でもときどき、子供扱いされてる気がしちゃうんだよね。恋人なんだから、もっと信頼してほしいんだよ」

「なるほど」

清太が感心したように相槌を打つ。日向は少し照れくさそうにした。

「翔平さんは過保護だから、喧嘩になっちゃうこともあるけど……そのおかげでお互いいやなこととか譲れないことがわかるから、喧嘩も大事だって思ってる。長く一緒にいるためには、歩み寄らないとだめでしょ？」

そう言って脚を組んだ日向は、急に大人びて見えた。相変わらず可愛らしい童顔なのに、それだけじゃない落ち着きや美しさが、いつのまにか備わっている。

清太は「参考になる」とスマートフォンにメモしはじめ、日向はぷうっとむくれた。

「人のこと小説のネタにしないでよね！」

「自分のことだけでは早晩いきづまるというのが先人の教えだ」

「だからってぼくのこと使わなくてもいいでしょ！」

じゃれてると子供みたいなんだけどな、と思いつつ、希央はこそっと腰を上げた。途端に、二人が揃って振り返る。

「希央、逃げちゃだめだからね」

「だ、だって」

高瀬と顔をあわせるなんてとてもできない。せめてもっと心の準備をして、なにを言うか決めてからにしたい、と思ったのだが、日向に椅子に押し戻されてほどなくして、喫茶店のドアの鈴が鳴った。

背の高い、よく目立つ高瀬の姿が現れて、ずきん、と心臓が高鳴る。こちらを向いた彼と視線があって、ふっと表情がやわらぐのを見ると、身体の奥のほうが痺れた。

「やっぱり清太たちと一緒だったね」

近づいてきた高瀬は、希央の肩に手を置いた。日向が高瀬と、後ろからやってくる王子谷を見比べた。

「早かったね、翔平さん」

「日向がいるのは土屋のところだってわかってたから、迎えに来る途中だったんだ。高瀬に電話したら、こいつも近くまで来ててな」

「おれは希央の言ってた就活は嘘だろうと思って、だったらひとりで出かけるんじゃなくて清太と会うはずだから、こっちに来てたんだ。希央のことだから、週末は日向は翔平と一緒だと思って遠慮するだろうから。そしたらちょうど翔平から連絡が来た」

すごーい、と日向は素直に感心していたが、希央は顔を上げられなかった。

恥ずかしい。全部みんなに——高瀬に知られていると思うと、羞恥で燃えてしまいそうだ。

消えてしまいたいのに、日向は「高瀬先輩」と可愛い声で頼んだ。

「希央、まだ先輩に好きでいてもらう自信がないんだって。いっぱい優しくしてあげてくださいね」

「日向っ」

それじゃ身の程知らずの図々（ずうずう）しいやつだ。希央は裏返った声を出した口を押さえた。肩に乗った高瀬の手が、そっと腕まで撫でてくる。

「ありがとう。優しくし足りなかったみたいだから、もっと努力するよ。——希央、行こうか」

逆らわず立ち上がったのは、友人の前でこれ以上醜態をさらしたくなかったからだ。カフェオレ代を払って店の外に出て、すぐに高瀬に謝るつもりだったけれど、希央が頭を下げるより早く、高瀬が手をつないだ。

「今まで以上に優しくしてあげるのは大歓迎なんだけど、失敗したくないから教えてもらえる？　希央は、どうされるのが好き？」

高瀬は眩しいくらい、あたたかな笑みを浮かべていた。明るくて不思議な色合いの瞳が希央を見つめている。あの目に、ずっとみっともない姿が映っていたのだ。叶わない恋ならいいと言い訳して、片思いをつのらせていた自分。

見てきたのにこんなに優しいだなんて、高瀬はいい人すぎる。

(でも——ううん、いい人だからこそ、これ以上好きになりたくないよ)

舞い上がって「僕も好きなんです」と言って、その先で幻滅されることを想像するだけで、ぐちゃぐちゃに潰れてしまいそうだ。

だったらいっそ、と希央は口をひらいた。

「エッチ、してください」

「……え？」

「してくれないなら、先輩とはつきあわないし、明日からはこっちのアパートで暮らします」

いずれ軽蔑されるなら、今すぐされてしまいたかった。

両足に力を入れて高瀬を見上げると、彼はひどく困った顔をして、なにか言いかけた。すぐそばを近所の人らしきおばあちゃんが通りすぎ、高瀬は思い直したように希央の手を引いた。

「とりあえず、帰ろうか」

希央は黙って頷いた。

玄関で靴を脱ぐと、希央は自分から二階に上がった。一瞬迷い、汚れるかもしれないからと自分の部屋を選ぶ。あとをついてきた高瀬は気まずそうだった。

「希央。おれは希央に、したくないことを無理にしてほしくて好きだって言ったわけじゃないよ」

「無理じゃないです」

必要だからです、と言おうとして、希央は言い直した。

「したい、から」

「――本当に？」

「言ったでしょう。してくれないなら、先輩とはつきあわないいし、ここは出ていきます」

「……じゃあ、ちょっと待ってて」

困った顔のまま、高瀬は希央の頭を撫でて部屋を出ていく。逃げるのかな、と希央は笑いそうになった。セックスはいやなのかもしれない。彼の「好き」は弟みたいに気にかけるだけの愛情だったのかも。

それならそれでいい、自分が幻滅されるだけだと強がるように言い聞かせていると、高瀬が戻ってきた。手には小さな箱がある。

「希央の部屋には必要なものなさそうだから、持ってきた」

ベッドの枕元に置かれたそれがコンドームだと気づいて、かあっと後頭部から熱くなった。急に喉がからからになる。高瀬は背中に手を添えてきて、額をくっつけるように顔を近づけた。

「先に、キスしてもいい？」

「――どっ、うそ」

落ち着いているふりをしたかったのに、声が跳ねた。頬を包み込まれて動揺しながら目を閉じ、だめって言ったほうがよかっただろうか、などと考えているうちに、やんわり唇をふさがれる。

弾力のある感触。ぬるい唇は内側が触れあうと熱くて、ひくっと喉が震えた。反射的に引きかけたところを高瀬が抱き戻し、かと思うと静かに押し倒される。見上げれば彼は真剣な表情で、じんと身体の奥が熱を帯びた。

本当にするんだろうか。このまま、最後まで？

「いやならやめてもいいよ」

希央をまたいだ高瀬が頬を撫でてくる。すうっとラインをたどった指が喉まですべり、くすぐったいような感覚に緊張が増した。気持ちいい。彼の視線が色っぽくて、芯からとろけてしまいそうな心地がする。

なにも不安を感じなくていい両思いだったら、きっとうっとりできるのだろう。幸せで、嬉しくて——もっとしてほしい、と思いながら、あのときもそうだった、と思い出し、と思うのだ。気持ちがいいのにぞっとしながら、希央は囁いた。

「したいです。……はやく」

下からキスしようと唇を寄せると、高瀬は傷ついたように眉根を寄せた。それでもちゃんと唇をあわせてくれ、前髪が希央の額に触れた。彼の手のひらは頬を包み込み、肌の感触と肉体の重みが生々しかった。キスしてる、と頭の片隅で思い、震えそうになる。嫌悪ではなく、抗(あらが)いがたいときめきがそこにはあって、慌ててパーカーを脱ごうとした。

「焦らないで」

高瀬がそっとたしなめて、鼻先を触れあわせてくる。「まだ、少ししかキスしてないでしょ」

「でも……、ん」

食むように唇を吸われ、鼻にかかった声が漏れた。恥じる間もなく舌がすべり込み、ぬめってあたたかい感覚が口から波紋のように広がった。

「っ……ん、……っ」

幾度も角度を変えてキスされる。こんなだっけ、と希央はぼんやりと思った。国白ともキスはしたのに――熱も息遣いも、衣擦れの音まで、たまらなくどきどきする。くちゅ、と音をさせて舐められると、いけないと戒めていても力が抜けた。

高瀬と、キスをしている。

大学生のころ、彼とキスするのを想像してみたことがある。もし両思いだったら。自分がどうでもいいモブじゃなくて、宮城先輩か日向みたいに魅力的な人間で、高瀬が好きになってくれたら、キスはどんなに幸せだろう、と思い浮かべた。

実際のキスは想像よりも優しくて、それでいて巧みにリードしてくれる。

(キスって、こんなにいっぱいするものなの……?)

希央の知るキスとは、なにもかも違っていた。唇や舌を舐めたり、吸ったりしたかと思うと、内側の粘膜までぴったりと重ねられ、背筋までぞくぞくするほど気持ちがいい。

（だめなのに……気持ちいい……）

「っ、ふ、……ぅ」

キスとキスのあいだにこぼれる息が、ごまかしようもなく弾む。高瀬はようやく服を脱がせはじめ、そうしながらなおもキスを繰り返した。

希央のパーカーとロングTシャツを脱がせると自分も脱ぐ。高瀬は綺麗に筋肉がついていて、服を着ているときとはまた印象の違う大人っぽさがあった。それに比べて自分は貧相だ。真昼の明るい室内にさらされた身体に、羞恥が込み上げてくる。隠したくて顔を背け、希央は口元に手を当てた。

逃げたい。恥ずかしい。

（でも、今日してもらわないと……早く幻滅してもらうか、もういいやって思ってもらわなきゃ）

だったら貧相な身体は見せたほうがいいし、声だってたくさん出したほうがいい。高瀬にキモいと思われるのはすごくいやだけれど、嫌われないと、と希央は自分を鼓舞した。はしたなくてみっともないことをすればいいんだ、と思いながら、腰を上げてこすりつける。清太あたりに聞かれたら「馬鹿なのか」と呆れられるだろうが、希央は必死だった。

「あ……、……ん、んっ」

高瀬の手を摑んで自分の胸に導き、喘ごうと口を開ける。乳首を指先が掠め、さっと不思議な感覚が走り抜けたが、思ったよりも声が出なかった。

「希央、リラックスしないと」

高瀬はまた口づけてくる。くちゅりと舌を絡めながらかるく乳首をつままれると、さっきよりもはっきりとした快感を覚えたものの、キスされているせいで声は出なかった。

「希央は、セックスは初めて？」

「――前に、一度だけ」

正確には未遂だが、正直に打ち明けることはできない。

そう、と呟いて、高瀬の手が脇腹から腰へと下りてゆく。希央は肌をくすぐられるような快感を追いかけながら首を横に振った。

「初めてじゃないから、そんなに丁寧じゃなくても、平気です」

「何回経験があっても、丁寧じゃなくていい理由にはならないよ。聞いたのはただの嫉妬だから気にしないで」

寂しそうに、高瀬が微笑んだ。

「わかってる？　おれは希央が、好きなんだよ」

「――高瀬先輩」

きゅう、と胸を疼かせた希央に、高瀬は飽きもせずキスしてくる。唇を受けとめるとさっきよりも濡れていて、背筋がぞくぞくした。

(……あ、だめ――、これ)

ぴくんと指や脚が震える。歯列をやわらかい舌の感触がたどっていく。無意識のうちに浮いてしまった腰を支えるように高瀬の手が尻に触れ、優しく指が食い込んだ。

「……ん、ぅ……っ、は、……ッ」

ボトムごしに揉まれて甘ったるい嬌声が溢れかけ、希央は咄嗟に呑み込んだ。高瀬はまぶたを半ば伏せ、ちゅっと唇を吸った。

「可愛い、希央」

低い囁き声。普段から艶のある声は、ひそめられ掠れると鼓膜まで溶けるようだ。浅く喘ぐと高瀬の唇は喉に吸いついた。

「…………っふ、……ぁ」

皮膚に、スタンプみたいに濡れた感触が残る。キスされるたびに目の奥で光が飛び、胸の小さな突起を吸われると身体がしなった。

「――っ、は、……っ」

目眩がするほど快感があって、速くなった呼吸が耳についた。息遣いだけでも浅ましく響くのに、硬い歯が乳首に触れてきて、希央は喉を反らせた。

「い……っ、ぁ、……っ」

「よかった、反応してくれて」

高瀬はするりと股間に手を添えてくる。いつのまにか希央の分身は、見てわかるほど勃起していた。高瀬は丁寧にボトムと下着を脱がせてくれ、それがいたたまれないのに、嬉しくもあった。大切にしてもらえて舞い上がりそうで、でも怖くて――でも、どきどきする。

（どうしよう……早く諦められるようにって頼んだのに、僕、こんな――）

彼の視線が股間にそそがれるのさえ、期待でおかしくなりそうだ。

もっと、触ってほしかった。足りない。キスして、触れあって、隙間なく抱きしめあいたい。瞳を見つめて名前を呼んで、指をつないで。

せつないくらい、高瀬がほしい。肉体的な意味じゃなくて――彼に、好きでいてほしい。

高瀬はしなった希央の性器を握り、上目遣いに希央の顔を見た。

「痛くない？」

「……大丈夫、です」

「じゃあこれは？」

くりっと先端の孔をいじられ、痺れたような、かゆいような刺激が芯を貫いた。目元や口元から力が抜け、希央はシーツに爪を立てた。

「へいき、です……っん、ぁ、……ッ」

「先に一回出そうか。もう少しリラックスしたほうがよさそうだ」

高瀬の手の中で、分身が滲んで濡れていく感じがする。射精前の昂っていく感覚だ。意思に反して腰が跳ねそうになり、希央はうつ伏せになった。

「お願いします。――い、入れて、ください」

抱きしめてくださいなんてとても言えない。尻を突き出す格好を取り、腕に顔を埋める。

「もう……が、我慢、できないから」

それっぽいセリフを吐き出しながら、自己嫌悪でいっぱいだった。好きになれたらいいのに、と思って、違うなと思い直した。

とっくに好きだった。おままごとみたいな片思いをしていた大学のころはともかく、再会してからは逃れようもないくらい、好きになっていた。

だからもう、高瀬には「好き」と言ってほしくない。これ以上優しくされたら、終わったときには心が潰れるだけではすまないから。

(もう、僕のこと膨らまさないで。宝物みたいにしないで。図々しいとか気持ち悪いとか、先輩にだけは思われたくないんです)

ああ違う、今日はキモいって思われないといけないんだっけ。

でも、無理して振る舞わなくても、このポーズだけでも惨めだ。

唇を嚙むと、背中にふわりとキスが落ちた。

「希央の顔を見ながらしたかったけど、今日は言われたとおりにするよ。希央に慣れてほしいからね」

背中の真ん中あたりから、高瀬の唇が静かに移動していく。臀部の割れ目ぎりぎりまで口づけられるのを、希央は震えながら受けとめた。準備するね、と声がかかって、窄まりにぬるいものが塗りつけられる。

「んぅ……っ」

指が襞をこじ開けて入ってきた。ぬるついているおかげで痛みはなく、異物感だけがあってきゅっと尻に力が入ってしまう。高瀬はなだめるように指をゆすり、そうされると胃のあたりまでぼうっと熱が広がった。

「は……っぁ、——ッ、ん、ん」

きつく閉じたまぶたの裏が赤や橙にちかちかした。浅い場所をいじられている。特に腹側をこすられると濡れ崩れるような錯覚があって、息がとまりそうだった。

(嘘……な、中も、きもちぃ、の……?)

違和感は苦しいけれど、それよりも圧倒的に気持ちいい。触られていない性器までじんじんして、希央は背中を丸めた。途端、ずっと指が奥まで入ってきた。

「ッう、……っく、……ん、……っ」

ぬち、ぬち、とかすかな音をさせて指が前後する。寒気にも似た感覚で背筋が痺れ、反対に腹はねっとりと熱い。

「少しきついね。こうやって指動かしても、痛くない?」

「な……っ、い、です、……は、……んッ」

「指増やすけど、つらかったら言ってね」

ゆっくりとかき混ぜながら、高瀬はまた背中にキスした。一度指を抜き、続けて二本押し込まれると、ぬるっと侵食される感覚が襲ってくる。気づけば、顔を伏せていてもごまかせないほど、息が荒かった。

中をこすられるのにあわせて、はぁはぁと呼吸音が響く。喉ではうめきとも喘ぎともつかない声がくぐもって、突き出した腰がふらふらと揺れた。下半身が麻痺(まひ)したみたいにだるい。尻の孔は燃えるようで、そのうち腹の中が溶けるような錯覚がしてきた。

子供のころにおねしょをしたことを思い出す。やってはだめなことを我慢できずに崩壊する、あの感じ。

「う……ぁ、せん、ぱい」

出ちゃう、と思いながら、希央は呼んだ。

「も……、だめ、入れて、……もう、……っ」

「希央」

苦しげな声を出して、高瀬が指を抜いた。かわりにウエストを掴まれて、ぴたりと熱いものがあてがわれる。

熱い、と感じた瞬間に、たまらなく胸が疼いた。

高瀬も、こんなに興奮している。希央を相手に、萎えることなく反応して、貫こうとしているのだ。

（——嬉しい）

硬いけれど有機的な湿性の熱が、襞のすきまにねじ込まれる。

「は……ぁ、……ッ、——っ」

生理的な反応できゅっとすぼまってしまう自分の粘膜の動きをまざまざと感じながら、希央は諦めの境地で喜びを噛みしめた。つながれた。

全然威張れない経緯で、もしかしたら最後かもしれない経験だけれど、好きな人と初めてつながれるのは、どうしようもなく幸せだった。

希央はしっかりと摑まれたままの手を見、こっそり横顔を見上げた。

のどかに揺れる電車の中、窓の外を眺める高瀬は芸術品のように美しかった。高い鼻梁に頬骨から顎にかけての、うっすら曲線を描いた輪郭。長いまつ毛。希央が見ているのに気づくと斜めに視線を寄越し、甘やかに表情をゆるめる。

を観て。

痛いところはないかと気遣われて、デートできなくなったかわりにと寄り添って配信映画

という事実が嘘のようだった。終わったあともキスされて、気分が悪くなっていないか、

三百六十度、どこから見てもかっこよくて爽やかなこの人と、昨日セックスしたのだ、

「……なんでもないです」

「どうしたの？」

今日は午前中から、「どうしても一緒に来てほしい」と懇願されて、出かけてきたのだった。

希央の予定では、エッチなことさえすれば、さすがの高瀬も幻滅するはずだったのだが、彼の態度にはマイナスの内心を窺わせる兆候などいっさいない。逆に希央のほうが、「自覚しているより先輩のことが好きだ」と意識する羽目になった。

（セックスしたら絶対気持ち悪がられるから、とかこじつけて、ほんとはただしてもらいたかっただけみたい）

僕はこんなにさもしい人間なのか、とひそかに落ち込む希央とは対照的に、高瀬は機嫌よく朗らかだった。どうやら、いい人すぎる彼にとって、希央の醜態は見放すほどではなかったようだ。もちろん、高瀬のことだから、内心では幻滅していても、態度に出さないだけかもしれないが、露骨にしないのも優しさだ。

優しいなあ、と思うと性懲りもなく胸がときめいた。こんなに素敵で性格もいい人は、世界中探してもいないんじゃないだろうか。

そんな人に、ほんのちょっとでも「好き」と思われている自分は、ものすごい幸運に恵まれているのかもしれない。

(……このまま、恋人同士になっちゃうのかな)

なれるような気もする。期待しすぎるなと理性は言うが、「もしかしたら」というどきどきはやむことなく、希央の心を絶えず揺らしていた。

なれるかも。だめかも。高瀬は困るくらい大切に扱ってくれるけれど、なしくずしで恋人だと思い込まずに、こちらからなにか言うべきだろうか？　それとも、もう高瀬の中では、自分は「恋人」なのだろうか？

ひとり悶々としているせいで、希央は道中、ほとんど喋れなかった。高瀬も言葉少なだったが、つないだ手は必要にかられて離してもまたつなぎ直されて、カフェに着いたときもしっかり指が組まれていた。

こういうのって普通は恋人同士がすることだよね、と考えて、希央は今さらながら赤くなった。人目があるのに、堂々と恋人つなぎして来てしまった。

「あ、いた。あそこだ」

カフェデートなのかも……などと思っていた希央は、高瀬が指差した席を見て思わず足をとめた。

窓際に座った宮城が小さく手を上げてくれる。どうして宮城先輩が、と呆然とすると、高瀬は希央を優しく引っ張って、並んで彼の向かいに座った。

「悪かったな、呼び出して」

「ううん、大丈夫。——栄恵くん、この前より顔色よくなったね」

宮城は儚げな微笑を浮かべた。希央はようやく解放された手を膝の上で握りしめ、頭を下げた。

「飲み会のときは、宮城先輩にもご迷惑おかけしちゃってすみませんでした」

「僕は全然迷惑をかけられたりしてないよ。ほかのみんなも、栄恵くんのこと責めてないと思う。——元気出して。って言われても、難しいかもしれないけど」

希央は小さな声で礼を言った。宮城は自分から積極的に話しかけるタイプの人ではないけれど、優しい性格なのだ。高瀬の恋人らしい、と思って、希央ははっとした。

(もしかして、昨日のあれは僕に同情したからで、本当はまだ宮城先輩とつきあってるんだ、とか打ち明け話のために呼んだの?)

戸惑いつつも浮かれていた気持ちがしゅっとしぼむ。卑屈だと日向に呆れられても、そう考えるほうが希央には自然だった。盗み見た高瀬は店員にカフェオレとコーヒーを注文していて、希央と目があうと真剣な表情になった。

「希央が勘違いしてるみたいだから、はっきりさせておいたほうがいいと思うんだ」

やっぱり、と思うと目の前が暗くなった。

「……いいんです。わかってます」

「わかってないと思うよ。おれと莉輝は高校からの友達っていうだけで、一度も、恋人としてつきあったことはないんだ」

「僕は平気——えっ？」

希央はびっくりして高瀬と宮城を見比べた。

一度も？　大学時代は、みんな恋人同士だと信じていたのに？

宮城がせつなげに目を伏せた。

「琉生の言うとおりだよ。僕たちがつきあってるっていう噂があったのは知ってるけど、否定しないでいてくれたのは、琉生が優しいからなんだ。あのころ——栄恵くんたちが入学してきたころ、僕には好きな人がいたんだけど、失恋しちゃってね。すごく長い片思いだったから、相手に恋人ができたときは傷ついてしまった。琉生は、僕が自棄にならないようにって、そばにいてくれただけなんだよ」

「——そうだったんですね」

希央は自分が高瀬に恋をしかけ、一瞬で諦めた日を思い出した。あの日、宮城は今にも消えそうなほど悲しそうだった。時間が経って傷は過去のものになったのか、宮城は微笑んで高瀬を見やる。

「あのころは本当にありがとう。それに、ごめんね。いつかちゃんと謝らなきゃって思ってたんだ」

「迷惑だと思ったことはないよ。莉輝はおれの、すごく大事な友達のひとりだ」

首を横に振って、高瀬は希央へと身体ごと向きを変えた。

「これからも莉輝の相談に乗ったり、手助けしたりはすると思う。でも、恋人として好きなのは希央なんだ」

ぴっと背筋が伸びた。希央の手を、高瀬はそっと握りしめてくる。

「希央が信じてくれるまで、おれは何回でも言うよ」

真摯な表情は、ごまかし笑いや逃げを許さないまっすぐさで、希央はもごもごと口ごもった。

「……し……信じてない、わけじゃないんですけど」

「ちゃんと信じきれてはいないよね。今だって、莉輝がここにいるのは希央と別れるためだとか、実はやっぱり彼のほうが好きだとか、おれが言うと思ってたでしょ?」

そのとおりなので反論できない。黙ってしまうと、宮城が優しい眼差しを向けてきた。

「琉生の『好き』は信じてもいいよ。長いつきあいだけど、琉生がこんなに真剣に誰かを想うところは初めて見るから」

カフェオレとコーヒーが運ばれてくる。一度口をつぐんだ宮城は、いたずらっぽい笑みを浮かべて高瀬に聞いた。

「せっかくだから教えてよ。栄恵くんの、どこがそんなに好きなの？」

希央の心臓が縮みそうな質問に、高瀬は真面目な顔で答えた。

「最初はすごくガードが硬い子だなと思ってたんだ。おれは人の面倒をみたり手助けしたりする側の人間だって思ってたし、そう扱われてたから、知り合ってしばらくすると、みんな頼ってくれる。でも希央だけ、全然そういうそぶりがないの」

懐かしそうに目を細めて、高瀬は希央の顔を見つめてくる。目があうと、とろけそうな微笑を浮かべた。

「嫌われてるのかと思ったけど、希央って誰に対してもそうなんだよね。頼ったり甘えたりするのを上手に避けてて、ひっそり頑張ってるから、逆に頼りにされたいなって思って」

「逃げられると追いかけたくなるっていうアレだね」

莉輝は楽しそうに頷いたが、希央は恥ずかしくて俯くしかなかった。できることなら叫んで逃げ出したい。高瀬の口から語られる希央は、まったく自分じゃないみたいだ。

「そりゃ気になるよ」

高瀬の手が顎にかかって、希央の顔を持ち上げた。茹だったタコみたいに赤くなりすぎている頬を、愛(いと)おしそうにひと撫でする。

「人に頼りたくないタイプって、弱みを見せたくないとか、深い関わりを持つのに慎重な性格が多いけど、希央ってそういうふうにも見えなかったから。挙句におれを心配して塩とか持ってきてくれるし」

「塩？」

宮城が怪訝そうに首を捻ったが、希央ははっとして高瀬を見返した。

「夏の合宿の、肝試しのとき……？」

希央が入学した年の夏休み、映愛研の合宿でのことだ。多数決でホラー映画ではなく青春ムービーを撮ることになったのを残念がった麻衣子が、せめて肝試ししようと言い出した。彼女の一存で麻衣子と一年生はおどかされる役に、二年と麻衣子以外の三年がおばけ役になった。

「そう、あのとき」

高瀬は嬉しそうに頷いた。

「希央が『先輩、おばけとか苦手ですよね。映画館も暗いから好きじゃないって、前に言ってたから』って、宿の食堂から塩を持ってきてくれたんだよね」

「あれは……逆にすみませんでした……」

希央にとっては、半分くらいは恥ずかしい思い出だ。高瀬を心配したはいいが、どうすればいいか思いつかなくて塩の瓶を持っていったら、希央のほうが慣れない森の暗がりが怖くて、獣の鳴き声に悲鳴をあげてしまったのだった。高瀬にはすごく笑われた。

「なんで謝るの。嬉しかったよ」

「でも、先輩めちゃくちゃ笑ってたじゃないですか」

「だって、塩を持ってきてもらったのは初めてだったんだよ」

思い出したのか、高瀬はひどくおかしそうに笑みを噛み殺している。あの夜の高瀬は笑いすぎて涙まで拭いていた。「たしかに苦手だけど、絶対無理ってほどでもないよ。でもありがとう。本物の霊が出たときに効きそうだよね、塩」と言われて、希央は自分が心配しすぎたことに気づいていたたまれなかった。

でも。

「楽しかったよね」

「――はい」

恥ずかしいだけでなく、半分は幸せな思い出でもある。高瀬は「ちょっと一緒にいてよ」と頼んでくれて、おばけ役を手伝うあいまに、二人きりで話した。

「麻衣子先輩が、僕のすすめた映画が面白かったって喜んでた話を先輩がしてくれて、すごく嬉しかったです」

「そうそう。おれがそう言ったら希央喜んでさ。『高瀬先輩のおすすめも素敵でした』って言ってくれたんだよ」

「覚えてます、『彼は秘密の女ともだち』ですよね。登場人物の関係が複雑なのが引き込まれて。僕がそう言ったら、先輩は『おれと全然違う感想だね』って」

「おれはあの映画、色合いとファッションが面白いと思ってすすめただけだったから。自分の興味のあるものしか目に入らなくて、キャラクターとか脚本とか覚えてないことも多いんだよね。麻衣子にはいつも呆れられてたし、ほかのメンバーに比べると、映画好きじゃない自覚があったんだけど、希央が素直に感心してくれてさ」

嬉しかったなあ、と高瀬はやわらかい口調で言った。

「嬉しすぎてどきどきしたんだ。希央、あのときなんて言ってくれたか覚えてる?」

「――はい。たしかに洋服が全部可愛かったですって言って、それから、先輩は好きなものを追求する観点で映画を楽しんでるんですね、って……」

よく覚えているけれど、高瀬の応えはあっさりしていたはずだ。笑って「そうかもね」と流して、暗い小道に目を向けていただけで、そこまで喜んでくれたようには思わなかった。むしろ、夜の森の中、肩がくっつきそうな至近距離で二人きりなのを意識した希央のほうが、どきどきしていた。

「希央に言われるまで、自分が好きなことを追求できるタイプだと思ったことがなかったんだ。広く浅く、こだわりは持たずにニュートラルなのがいいと思ってた。苦手なことがないほうが便利だと思ってたけど、同じくらい、特別に好きなものとか特技がないのがコンプレックスだったんだよ」

「でも、なんでもできて苦手なことがないのも、すごく特別な才能だと思います」

「おれも今はそう思うよ。希央が褒めてくれたおかげで、好きなことにはちょっとこだわりつつ、広く浅くで人の世話を焼くのを仕事にしてるからさ」

ふふ、と笑って高瀬は希央の手を握ったまま宮城を見た。

「ほら、可愛いだろ。いっつもすごく緊張してるのに、些細な会話も覚えててくれるし、無自覚におれのこと励ましてくれて、優しいんだもん。そんなことされたら、この子おれのこと好きなのかなって思うよね」

宮城は苦笑しながら頷いている。希央はくらっと目眩を覚えた。

「す、すみません。気持ち悪いですよねそういうの」

高瀬は心から不思議そうな顔をした。

「なんで？　嬉しかったよ。可愛いって言ったでしょ。一生懸命逃げてるのも、悲しいけど愛おしいなあって思ってた」

高瀬は両手で希央の顔を包み込んだ。

「希央はよく日向のこと可愛いって言ってたけど、ありのままの希央だってすごく可愛いよ」

痛いほどの熱をともなって、甘くて痛いものが身体の中で膨らんだ。それが肋骨を押し上げて、喉をふさぐ。

みっともないでもキモいでもなく、「可愛い」と言ってくれるなんて。

うるんだ目で高瀬を見返すと、そっと頬を撫でられた。

「おれは希央が好きだから、好きになってもらえたら嬉しいし、特別大事にしてあげたい。おれにとっての希央みたいに、希央にとってのおれが、一緒にいると幸せになれる存在になったらいい、って思ってるよ」

「――高瀬先輩」

「つきあってくれる？」

唇が震えて歪み、希央は返事ができなかった。かわりに何度も頷く。嵐みたいに感情が渦巻いて苦しいほどなのに、頭がぼうっとして夢の中にいるようだ。希央はカフェオレを一気飲みした。

(もしかして本当に夢だったりして)

昨日から何度も、高瀬と恋人だったら、と考えてしまったせいで、長くてリアルな夢を見ているのかもしれない。

だが、カフェオレをごくごく飲んでみても、太腿をつねってみても、見える景色が変わったりはしなかった。

こわごわ高瀬を見直す。高瀬はぽんと手を頭に置いてくれ、「落ち着いた？」と聞いた。

「――はい」

夢じゃない。

静かに見守っていた宮城が、ほっとしたように「よかった」と呟いた。

「琉生には幸せになってほしいってずっと思ってたんだ。栄恵くん、よろしくね」

「よろしくなんてそんな……僕のほうがいっつも迷惑かけてばっかりで」

「そんなことないよ。お願いだから、もっと頼ってよ」

高瀬は拗ねたように顔をしかめた。

「希央は自分ひとりで抱え込む性格でしょ。悩みとか、つらいこととか、全部打ち明けろなんて横暴なことは言わないけど、恋人になったんだから、おれのことは安全地帯だと思ってほしいんだ」

「安全地帯？」

「この人なら大丈夫って安心できる相手のこと。おれが心配しすぎなくてもいいように、ちゃんと頼ってね」

あ、と希央は口を開けた。

「先輩、この前、心配しなくてすむように、しようと思ってるって――」

「うん。やっぱり希央はおれの言うことちゃんと覚えてるよね。だから翌日、告白したんだよ。あのときは逃げられちゃったけど」

高瀬はそう言ってにっこりした。

「ということで、まずはおれの仕事を手伝ってほしいな」

「手伝うのは、かまいませんけど……」

ちっともつながっていない「ということで」に、希央はぽかんとして高瀬を見上げた。

高瀬は二本、指を立ててみせた。

「片手間じゃなくて、ちゃんとやってほしいんだ。条件は二つ。ほかのアルバイトは辞めることと、就職活動もちょっとお休みしてくれること」

「休んで……高瀬先輩の、手伝いだけ？」

「うん。おじいちゃんが亡くなったこと、希央が自分で思うよりずっと、希央を傷つけてるように見えるんだよね。会社で働く気になれなくてアルバイトを選ぶのも、堅実路線の希央にしては変だし、そのアルバイトだって、ほとんどやってないよね？　すくなくとも、飲み会からあとはほとんどできてないでしょ」

「それは……」

「もちろん、責めてるんじゃない。まだつらいなら、無理しないほうがいいってこと。希央はもっといっぱい悲しんでもいいし、後悔して泣いてもいいし、怖かったら怖いって言って、甘えていいんだよ」

ってしまう。

でも、と希央は逡巡した。高瀬の言うとおりにしたら、なにもかも彼に頼りきりにな

助け舟を出すかのように、宮城が「面白いと思うよ」と言った。

「琉生の仕事はアート作品を扱うんだ。国内外のアーティストが作った家具とか雑貨とか、絵画とかね。元は海外顧客を中心に、セレクトショップみたいな感じで販売してたんだけど、ご贔屓さんからの要望でリースもやるようになったんだって」

「リースって、貸すんですか？」

希央が想像したこともなかった種類の仕事だ。

「そう。ドラマや映画の撮影に使ってもらったり、個人でも一か月おきに模様替えして楽しみたい人がいたりで、意外と需要があるんだよ。それで今は、国内向けでリースも試験的にはじめてみたところ。ほかにも、アーティストと彼らを支援したい人をつないだり、個展の企画をしたり、ゆるく業務内容を広げてる」

だから忙しいんだよね、と笑う高瀬は楽しそうだった。

「希央にはWEB注文の管理とかお願いできたら助かる。実は事務作業ってあんまり得意じゃなくてさ」

照れくさそうにそんな言い方をしてくれるのは、こちらが遠慮してしまわないための配慮で、きっと苦手なことなんてないんだろうな、と希央は思う。でも、そんなふうに丁寧

に、心を砕いてすくい上げようとしてくれること自体、深い愛情がなければできない。

（すごく大事に、してもらってるんだ）

　高瀬といるといつもそうだ。潰される粗大ゴミじゃなくて、丸くて綺麗な宝物になったような気がする。

「わかりました。でも、せめてしばらくのあいだは、研修みたいな感じで、お給料なしってことでもいいですか？」

　家賃をもらうのに給料も、というのはあまりに気が引けた。恋人同士ならなおさら、一方的に助けてもらうだけなのはいやだ。

（高瀬先輩も、いつまでも同居はいやだって言ってたもん）

あれはきっと、恋人同士らしく、自立した上で互いに支えあうほうがいいとか、そういう意味に違いない。

「再就職に向けたリハビリにしたいんです」

　高瀬はしばらく考え込んだが、やがて納得したように頷いた。

「うん。希央がそのほうがいいなら、そうしよう」

「栄恵くん、連絡先交換しようよ」

　宮城が嬉しそうにスマートフォンを取り出した。

「琉生の様子も聞きたいし、万が一喧嘩したときには、アドバイスしてあげられるかも」

思いがけずに頼まれて、希央も嬉しくなった。もちろんですと応じたら、高瀬がぎゅっと肩を抱き寄せてきた。

「そんなこと言って、希央のこと横取りする気なら、いくら莉輝でも許さないからな」

「重症みたいだね、琉生」

おかしそうに宮城が笑い声をたてる。珍しく興奮した彼の様子と、いつになく子供っぽい高瀬を見ると、希央もわくわくと楽しい気分になってきた。

夢じゃないけど、夢みたいだ。

あたたかい温室みたいな日々がはじまった。

十二月に入り、寒さが増してきても、希央の気持ち的には毎日がぽかぽかしていた。

最寄り駅から電車に乗って三駅、地方都市の中心駅にほど近い大型の家具店で、買い物客にまじって通路を歩いていると、甘くてほこほこした感慨が込み上げてくる。

高瀬が、隣にいる。

「家に土鍋ってあったっけ?」

大きなカートを押す高瀬が見下ろしてくる。希央は眩しく思いながら頷いた。美人は三日で飽きる、なんて言うけれど、高瀬の整った顔を見ていると飽きるどころか慣れるのも難しいと希央は思う。

「あります。古いけど、捨ててないと思うから」

「じゃあ今度鍋しようね。フライパンだけ買おう」

だけ、と言いつつカートの中にはすでに皿が数枚と卵焼き器、ホットプレートが入っている。皿はいい。昨日、後片付けのときに希央が皿を割ってしまい、新しいものを買うのが今日の目的だった。でも、ほかは買う予定がなかったものばかりだ。卵焼き器は「希央が好きな卵焼きが綺麗に作れるから」という理由でカートに入り、ホットプレートは「便利だから」と追加された。

「ホットプレートでたこ焼きもいいよね。お好み焼きもホットケーキも作りたいし、チーズタッカルビも食べたくない？」

なんてにこにこされたら、いらないとは言えない。

（そりゃ僕も、たこ焼きもお好み焼きも、ホットケーキもチーズタッカルビも食べたいけど）

「せっかくだから家具売り場も見ていこうか。シーツ買おうよ」

「はい」

頷いてから、希央は薄く目を細めた。やっぱり、今日の高瀬はいつにも増してきらきらしている。

「……先輩、今日機嫌いいですね？」

「そう？　いっつも不機嫌そう？」

わかっているくせに冗談めかして聞き返し、高瀬は希央の耳元に唇を近づけた。

「希央からデートに誘ってくれるの初めてだから、浮かれてるんだよ」

「っ、べつにそういうつもりじゃ……必要なもの買いにきただけじゃないですか」

赤くなって否定すると、高瀬が頭をくしゃりと撫でた。

「一緒に行きましょうって言ってくれたんだからデートだよ」

「だって、僕が割ったのに、先輩に買いに行かせるわけにはいかないでしょう」

「うん。そこで『僕が行きます』じゃなくて、一緒に行きましょうって言ってくれたから、嬉しいんだ」

最後にちょんと鼻をつまんで、高瀬は歩き出す。半歩遅れてついていきながら、希央はそっと胸を押さえた。むずむずと落ち着かなくて、高瀬の姿を見ていられないのに、気づくとつい見てしまっている。「おつきあい」をはじめて一か月が経っても、嬉しいのと緊張とが複雑に入りまじって、彼と一緒にいるのは全然慣れなかった。

慣れないけれど、幸せだった。本当に両思いだと、世界は明るくて色鮮やかになると、希央は初めて知った。どんな些細なことだって、心をときめかせる特別な出来事になる。

「希央？」

ちょっと遅れた希央を、高瀬が振り返る。その仕草だけでほわっと身体があたたまって、希央は小走りに駆け寄った。

通路を行き交う人たちから見えないよう、高瀬がこっそりと小指を絡めてくる。その感触にうっすら赤面しつつ、希央は気にしていないそぶりで売り場を眺めた。

ダイニングテーブルが並ぶゾーンを抜け、ソファーやチェストなどリビング用の家具をのんびり冷やかす。高瀬が絡んだ小指にちょっと力を入れた。

「二人でインテリアショップに来ると、『(500)日のサマー』思い出すよね」

「——僕、売り場のソファーとかベッドとか、バスタブでいちゃいちゃはしたくないです」

やってみよう、と言われないかと身構えると、高瀬が笑って首を横に振った。

「大丈夫、おれもあれは無理。日本人の感覚だとできないよね」

「ですよね。そのせいかもですけど、僕、ヒロインのサマーより、ラストに出てくるオータムのほうが好きなんです」

「わかる。おれもだよ」

顔を見合わせて笑い、こういうデートもいいなあ、と希央はうっとりした。ささやかだけど、すごく幸せを感じられる。

ベッドが置かれたエリアにつくと、高瀬は濃いグレーのシーツを手にした。

「今使ってるのは紺色なんだけど、せっかくなら違う色で気分を変えたいんだ。希央は、何色のシーツが好き?」

「?　僕はまだ買い替えなくても大丈夫ですよ」

「うん、だけど、希央も使うかもしれないでしょ?」

流し目で微笑まれ、希央はどきっとして顔を逸らした。

(ぼ、僕も使うって、寝るってこと?　先輩のベッドで?)

つまり、またセックスする、という意味か。もちろん恋人同士なのだから、そういう行為は自然なことだが、あの無理やり迫った日以来、まだ一度もしたことはなかった。

(——そろそろしようよ、っていうこと?)

遠回しなお誘いだったら、なんて答えれば正解なんだろう。

焦って黙り込むと、高瀬が噴き出した。

「ごめんごめん。希央の分も一緒に買おうかなと思ってさ。仕事の手伝いでお給料払わない分、ちょっとした日用品くらいはプレゼントさせて」

「そんな、お金はいらないって言ったのは僕ですから」

「でも、シーツ、希央とお揃いにしたいな。好きなの選んでよ」

爽やかな笑顔を向けられて、希央は断りきれずに薄いグリーンのシーツを選んだ。冗談にしてくれたけど、さっきのはたぶん、希央の反応を見るために言ったのだ。高瀬は普段、さりげなく撫でてくれたりハグしたりするけれど、キスはめったにしない。どうやら、最初のときの様子から、性的な接触は苦手だと考えてくれているようだった。

(触られたりとかがいやなわけじゃないんだけど……)

申し訳ないと思いつつ、快感を覚えたときの反応を見られるのがいやだ、とは打ち明けられなかった。

国白とのことは、伝えるつもりはない。きっとあと少しすれば、根深く残った劣等感もマシになっていくはずだ。

なにしろ、高瀬の扱いときたら、自分が王子様かなにかかと勘違いしそうな甘やかしっぷりなのだ。毎日「好きだよ」と言われていれば、誰だって自信がついてしまう。

「この色希央に似合うね」

「薄い緑色が?」

「うん。爽やかで清楚で、控えめだけどすごく可愛いの」

ほらまただ、と思いながら、希央はカートにシーツを入れた。

高瀬は機嫌よくカートを押していき、レジでは全額まとめて払ってくれた。持ち帰るには重いので配送を頼んで、店を出ると希央は控えめに高瀬の袖を引いた。

「シーツ、ありがとうございます。食器とかは半分払いますすね」

「だーめ。たまには先輩にかっこつけさせてくれてもいいでしょ」

「――高瀬先輩はいつも、二十四時間三百六十五日、年中無休でかっこいいです」

希央は唇をへの字にして言い返した。

「でも、甘やかしすぎはよくないと思います」

「希央がもっと優しくしてってお願いしてきたのに？」

「あれは……っ、日向たちが勝手に言っただけです！」

「そう？　おれはまだ全然優しくし足りないなって思ってるんだけど」

「足りてます」

からかってばっかり、とかるく睨むと、高瀬は楽しそうに笑い声をあげた。

「足りてないよ。でも少しは伝わってきたかもね。――希央、怒った顔しても可愛いね」

「……っ」

不意打ちで唇を触られて、希央はびくっとして立ちすくんだ。遅れて顔に血がのぼる。

声が出なくなった希央に高瀬は苦笑して、手をつないで引っ張った。

「希央はテンパると挙動不審になるけど、どきどきすると無口になるんだね」

「――そっ、そ……んなこと、ないです」

「あとで確かめてみようよ」

つないだ手を自分のコートのポケットに入れて、高瀬はすうっと目を眇めた。長いまつ毛が色っぽく影を作り、ただでさえ速い心臓がきゅっと痛む。

（確かめるって、どうやって？）

頭に浮かんだ疑問は当然聞けるわけもなく、帰り道はずっと動悸(どうき)がおさまらなかった。

玄関から入ると、高瀬が振り向いた。

「一か月、経ったね」

「――はい」

「もうちょっとだけ、進んでみてもいい？」

問われて、どきん、とさらに胸が高鳴った。見下ろす瞳の色が普段より暗く見え、まとう雰囲気が変わるのがわかる。映画では見慣れた、二人のあいだの空気が密度を増して、時間の流れまでゆっくりになるような、あの感じ。

思わず後ろに下がると、背中が壁に当たった。顔のすぐ脇に高瀬が左手をつき、唇が頬に触れてくる。唇にじゃないんだ、とほっとしかけた次の瞬間、ぴったりと重ねられ、閉じたまぶたの裏がちかちかした。

「……っ、ん」

乾いた感触は押しつけられたかと思うと離れ、またすぐにふさいでくる。強く重なると内側の濡れたところが触れあって、びりっと尾てい骨あたりが疼いた。

気持ちいい。膝から力が抜けて、すがりつきたくなる。半ば無意識に高瀬の胸を押すと、右手が腰に回った。

「っ、ん……、んっ」

くちゅっと音をたてて舌がもぐり込む。上顎をこすられれば喉の奥まで痺れて、腕が震えた。

「どきどきする？　それとも、キスは嫌い？」

唇が触れる距離のまま、高瀬が囁いた。かるく下唇を吸われて、小さく息が漏れる。目も開けられずわずかに首を横に振ると、短く啄まれた。

「いやじゃないって、思ってもいい？」

「……、んっ、……っ」

いやじゃない。かろうじて頷いて、希央はぎこちなく高瀬のコートの胸元を握った。

高瀬の言うとおりだ。言葉を尽くして希央を好きだと言ってくれてから、もうひと月も経ったのだから、「先」に進んだほうがいい。高瀬ばかりがいつも希央に気遣ってくれているのでは不公平だと、希央はそっと口を開けた。

顎を上げて、おずおずと唇を押しつける。触れあった途端、高瀬はぎゅっと抱きしめてきた。

「よかった、希央がいやじゃなくて」

高瀬はちゅ、ちゅ、と短いキスを繰り返す。

「ずっと気にかかっていたんだ。初めてのとき、希央にエッチしないと一緒には暮らさないって言われて、自制できなくてしちゃったけど——本当はしないほうがよかったんじゃないかって」

高瀬はせつないような表情で額を押しつけた。

「おれ、希央を傷つけてない？」

きゅっと胸が疼く。希央が頼んだことなのに、気にしてくれていたのだと思うと、申し訳なさと嬉しさが同じだけ込み上げた。

「——逆です。傷があっても、治っちゃうくらい先輩は優しいです」

もう一度希央からキスを贈ると、強く重ね直され、気持ちよさに肌が粟立った。舌が奥まで入ってくる。にちゅ、と舌同士が触れあい、上顎をこすられる。口いっぱいに、むずがゆいような熱が広がった。

「……っ、ふ、ぅ、……ん、んっ」

何度も繰り返されるキスのあいまに漏れる息は荒くなっていて、希央は小さく身じろいだ。もっとしたい。でも、快感が強まるほど、不安も込み上げてくる。

(声、出そう……)

高瀬ならきっと大丈夫、と思っても、彼の手が背中を撫でると身体が強張った。分厚いアウターを着ているのがもどかしい。脱ぎ捨てて抱きあいたくて、けれどそんな自分が浅ましい気がして、うまく力を抜くことができない。

(でも……高瀬先輩も、したいって思ってくれてるんだから、僕だって)

ちゃんと応えたかった。

リラックスしなきゃ、と内心で言い聞かせたとき、高瀬の膝が希央の脚のあいだに入り込んだ。股間にぴったりと彼の脚が密着し、びくん、と震えが走った。

「ぁ……っ、あぁ……っ」

ちょうど唇が離れて、上ずった声が玄関に響いた。甘えるような自分の声を聞いた瞬間、ぞっと寒気が襲って、希央は高瀬の胸を押し返していた。

どん、と突き放された高瀬が気遣わしげに眉をひそめる。

「希央？　平気？」

「——だ、大丈夫、です」

無意識に胸元をかきあわせ、希央はそそくさと高瀬の前から抜け出した。

「あの、部屋で……昨日やり残しちゃった注文レポート作るので、しばらく上にいますね。先輩はゆっくりしててください」

「希央」

肩を摑まれ、ぎくりと振り返る。その反応に傷ついたように高瀬は寂しげな表情をしたが、すぐに微笑んだ。

「焦ってごめんね。レポートが終わったら下りてきてよ。コーヒー一緒に飲もう」

「……高瀬先輩」

「キスが苦手なら、ほかのところから一歩進もうか。そろそろ『先輩』じゃなくて、『琉生』って呼んでくれる？」

ゆっくりと希央の頭を撫でる手つきは、申し訳なくなるほど優しかった。希央は小さく頷いて、口をひらいた。

「琉生――先輩」

「琉生さん」

「……琉生、さん」

丸いガラス玉みたいな舌触りの名前が新鮮だった。全然呼べる気がしなかったけれど、もう一度「琉生さん」と言うと、高瀬はほっとしたように笑ってくれた。

「すごく嬉しい。これからいっぱい呼んでね？」

「――はい」

「レポート、三十分くらいで終わりそう？　見計らってコーヒー用意しておくよ」

「はい、終わると思います」

こんなに優しいのに、と希央は自分を責めつつ頷いた。またあとで、とおでこにキスされて階段を上り、自分の部屋に入ると、ドアに背をつけたまま座り込んだ。

「先輩はあんなに優しくて大事にしてくれるのに、僕はなんで、だめなんだろう」

毎日好きだと言ってもらって、ぺしゃんこどころかまんまるにはち切れそうなくらい満たされていても、まだ怖いだなんて不甲斐(ふがい)ない。

(高校生なんてもう大昔じゃないか。国白先輩だって、とっくに僕のことは忘れてるだろうし、いつまでも引きずってたら高瀬先輩に迷惑かけるだけだ)

せっかく大事にされていても、希央から高瀬に返せるものがないままなんていやだ。今の状態は、恋人同士というより、お父さんと子供か、あるいは歳(とし)の離れた兄弟みたいなものだ。一方的に甘やかされ、養われているだけのお荷物。

(——おじいちゃんにも散々迷惑かけて、それっきりになっちゃったのに、先輩にも同じことするのか、僕は)

しっかりしなきゃ、と希央は両頬を強く挟んだ。

セックスまで進む勇気は、この状態だと、来週になれば大丈夫、というわけにはいかないだろう。でも、仕事ならなんとかなるはずだ。せめて金銭的には自立しよう、と決心し、希央はスマートフォンを取り出した。

「希央、パン焼けたよ！」

洗面所で昨日届いたメールを再確認していると、高瀬の声がリビングから聞こえてきて、希央は「はぁい」と返事した。

鏡を覗いて寝癖がついていないのを確かめ、リビングへと向かうと、焼けたパンとミネストローネの匂いが迎えてくれる。暖房がまだ効ききらないから空気はひんやりしているが、朝日がたっぷりと食卓にも注いでいた。

「イギリス風にしてみたけど、夜のレストランはフレンチだから、朝ごはんは和食にすればよかったね」

「高瀬せんぱ……じゃない、琉生先輩が作ってくれるの、なんでもおいしいから大丈夫です」

生ソーセージのグリルと焼いたドライトマト、マッシュポテトときのこのソテーにスクランブルエッグが盛りつけられた皿は、ボリュームたっぷりで見た目もおいしそうだ。いただきます、と手をあわせて、さっそくソーセージにかぶりついた。

「ん……、おいひいです」

「よかった。希央はなんでもおいしいって食べてくれるから作り甲斐あるよ」

紅茶のカップを口元に運びつつ、高瀬はテーブルの端に飾った小さなクリスマスツリーに目を向けた。

「クリスマスイブの朝に、恋人とごはんを一緒に食べられるって贅沢だよね」

「——たしかに、贅沢かも」

イブの夜を恋人と過ごす人は多いかもしれないが、朝から一緒はそんなにいないような気がする。同居の醍醐味かも、と考えて、希央はちょっとだけ違和感を覚えた。

高瀬は同居は好きじゃないはずだ。でも、朝食を一緒に食べるのは好きなのだろうか。

(……普段はできないほうが、一緒にいられるときに幸せを実感できるってことかな？)

高瀬とは、好みが似ているところもあるけれど、違うところのほうが多くて、希央には計り知れない部分がたくさんある。よく考えてみると、彼のプライベートなこともほとんど知らなかった。

「……先輩って、家族いますよね？」

考えた挙句の質問は、高瀬には唐突に聞こえただろうが、驚いた様子もなく頷いた。

「いるよ。でも正月も帰省はしないから、安心して」

「ご実家、遠いんですか？」

「横浜だから近いよ。でも大学に入って家を出てからは、ほとんど帰ってない」

ミネストローネをスプーンで口に運び、高瀬はさらりと言った。

「仲良くないんだ。特に兄貴と父親とは最悪。父親の後妻もいるし、おれが行っても誰も喜ばないからね」

「意外です」

希央はぽろっと呟いてしまった。

「先輩、誰とでも仲良くできるのに」

「たいていの人とうまくやれる自信はあるけど、家族ってまた別だよね」

高瀬は視線を上げて苦笑した。

「おれが克服できてない苦手なものの、数少ないひとつなんだよ」

彼には珍しい自嘲するような表情に、希央はなるべく明るく声を出した。

「じゃあ、お正月は一緒に過ごせますね。せっかくだから、おせち料理とか作ってみます？　僕、煮豆と栗きんとんだけは得意なんです」

「煮豆と栗きんとん！」

高瀬が目を丸くして、しみじみと希央を眺めた。

「希央って意外な引き出しがいっぱいあるよねえ」

「おじいちゃんが和食のほうが好きだったから、高校卒業するまではけっこういろいろ作ってたんですよ。煮物は、なかなか味が決まらなくて、得意とは言えないですけど」

「煮物もできるんだ？　じゃあ、俺も手伝うから、おせち作ってみようよ」

幸せそうに顔を綻ばせ、高瀬は「よかった」とため息をついた。

「希央がおれの恋人になってくれて、ほんと幸せ」

「——先輩ってば」

実感を込めて言われると気恥ずかしくて、希央はパンにかぶりついた。高瀬はくすくす笑う。

「先輩じゃなくて琉生さん、ね。呼び方、なかなか慣れてくれないのは残念だな」

「……難しいですよ。ずーっと高瀬先輩って呼んでたんだもん」

「今日は頑張ってみてよ。せっかくのクリスマスイブで、おいしいごはん食べに行くんだから」

「……頑張ります」

「毎日呼べるようになったら旅行も行こうね。二月あたり、温泉とか」

「それって、二月までに、呼べるようになれってことですよね？」

あと一か月かそこらで完全に「琉生さん」と呼べるようになる気はしなかったが、高瀬に「もちろん！」とにこにこされると、希央まで楽しくなってきた。

幸せだと言ってくれたり、名前呼びにこだわったり、高瀬は可愛い一面もある。家族と仲が悪いのだって、人間らしさが増すだけだ。一番いいのは仲良くできることだけれど、高瀬が幸せならどっちでもいい、と考えて、希央はひそかに気合いを入れ直した。

すごく好きだと思えて、二人でいると穏やかな心地になれるこの関係を、大事にしたかった。

打ち合わせのある高瀬を見送り、後片付けと支度を整えて、希央は久しぶりにひとりで都内に向かった。

今日は面接だ。この前、せめて経済的に独り立ちしようと決心を新たにした希央は、宮城に連絡をして、もし知っている会社などで中途採用をしているところがあれば教えてほしい、と頼んでいた。

ずるい手段だし、厚かましい頼みだとは思ったけれど、宮城も知っている会社なら働きやすいかもしれない、と考えた結果だった。

そう考えられたのは、手伝っている高瀬の仕事が楽しかったおかげだ。サイトに並んだ家具や絵画、雑貨の写真はどれも個性的でわくわくするものばかりで、注文を整理するだけでも気分が高揚した。希央も見られる共有のメールアドレスには海外からも連絡が入っていて、いろんな国からのオーダーや相談を垣間見る（かいまみ）のも面白い。「楽しく働く」という選択肢もあるのだ、というのは希央にとっては新鮮な驚きだった。なんとなく、会社勤めというと、苦手なことも我慢して給料をもらうイメージだったのだ。

けれど、楽しむこともできるんだ、と知ったおかげで、楽しく仕事をしている人がいる会社で、そういう人たちをサポートする仕事もいいな、と思ったのだ。知り合いの中では宮城と清太が、楽しく仕事をしている人を知っていそうだったので、より社会人経験の長い宮城に頼んでみた。

結果、デザイン事務所で経理担当が辞めるので、かわりを探している、という、好条件すぎる紹介があって、今日はその事務所の面接なのだった。

メールに記載された住所を地図アプリに入れ、ナビを頼りに事務所の入ったビルにつく。緊張しつつ来意を告げると、社長だという女性が気さくに迎え入れてくれ、面接はつつがなく終了した。結果は今日中に、メールを送ってもらえることになった。

遅めのランチを食べながら宮城にはお礼の連絡を入れ、あとは、と希央は両頰を押さえた。

あとはクリスマスディナーと、プレゼントを渡すのと、帰ってからの二人の時間だ。

(今日こそは、頑張ろう)

高瀬のことが好きだ。彼といると幸せだし、努力しようと思える。祖父が亡くなって以降どん底だったのが、この二か月は見違えるように、気持ちも明るくなった。ベッドから抜け出せない日はもちろんなく、面接だってちゃんと受けられて、しかもうまくいきそうな予感までする。

こんなに回復したのだから、きっとセックスだってできるはずだ。二週間前は逃げてしまったけれど、せっかくのクリスマスだし、今日ならいける、ような気がする。

あんまり待たせたら高瀬にも申し訳ないし、トラウマのせいで高瀬に見限られるのだけは避けたかった。二度目のセックスでうんざりされる可能性はゼロではないけれど、希央だって高瀬のために、なにかしたかった。

（一応勉強したし……自分から積極的になったら、変な声出にくいかもしれないし）

少しでも自信を持って臨めるように、相手を気持ちよくさせるテクニックは、ネットで調べて覚えてみた。知識と実践は違うだろうが、たぶんできる、はずだ。

大丈夫、今日はきっと平気だと、希央は何度も自分に言い聞かせた。

ランチのあとは借りっぱなしのアパートをかるく掃除し、午後三時半、高瀬と合流してからは映画を観た。明るいアクション映画で笑ってリラックスしたおかげか、ロマンティックなムードのレストランに入るのも、あまり緊張しないですんだ。

「高――琉生さん、今日の打ち合わせはどうでした？」

「順調だったよ。細かいことはもう少しやりとりするかもだけど、アーティストの希望はしっかり聞けたから、シンガポールのオーナーともスムーズにできそう」

「すごいですよね、海外で個展なんて」

「規模が小さい展示なら、そんなに珍しくもないよ。ただツテとかやり方がわからないと、最初はハードルが高いから、おれはそこをお手伝いしてるってわけ」

「琉生さんって海外にも知り合い多いんですね」

「実は卒業したあと、一年くらい海外を転々としてたんだよ。そのときはまさか、仕事につながるとは思ってなかった」

すごいなあ、と希央はため息をこぼした。大学時代も清太や日向以外には特別親しい友人を作らず、地味なバイトをこなす程度だった希央から見ると、高瀬は別世界の人みたいだ。

「僕、海外旅行ってしたことないです」

「面白いよ。来年はどこか一緒に行こうか」

「行けたら嬉しいですけど……」

就職していたら、休みが取りにくいかもしれない。そう思ってふとスマートフォンを確認し、昼間のデザイン会社からメールが来ているのに気づいてどきっとした。待てずにひらくと、採用の旨が丁寧に綴られていて、思わず「よかった」と声が出た。

「どうかした？」

高瀬が首をかしげ、希央はちょっと迷って、結局言うことにした。

「実は今日、面接受けてたんです。宮城先輩が紹介してくれた会社があって……採用になるかわからないから、先輩には内緒にしちゃったんですけど、今連絡来てて」

「そっか、合格だったんだ？」

高瀬は顔を輝かせた。

「よかったじゃん！　莉輝の紹介のとこなら、おれも安心だよ」

「——でも、先輩の仕事、せっかく手伝わせてもらってたのに」

「先輩じゃなくて、琉生さんでしょ。いいよ、こっちは気にしないで。希央がこうしたいって思うようにできるのが一番だからね」

黙って受けた面接で、急に決まってしまったというのに、高瀬は自分のことのように嬉しそうだった。

「仕事っていつから？」

「年明けからでいいみたいです。仕事はじめは五日だって」

希央はほっとしながら、メインの鴨のコンフィにナイフを入れた。

「あんまりばたばたしたくないから、三日にはアパートに戻りますね」

言った途端、それまで嬉しそうだった高瀬の表情がすうっと曇った。

「そんなに、おれと暮らすのはいや？」

重たい声に、希央は手をとめて彼を見返した。寂しげな目つきに、「だって先輩が言ってたから」とは言えなくなる。

きっとまだ、高瀬は希央が心配なのだ。せっかくのデートに水を差したくなくて、希央はにこにこしてみせた。

「心配しなくて大丈夫ですよ。最近は外出も怖くなくて、今日の面接だってすごくうまくいったんです。おかげで採用になったんだし、それにほら、見てください。先輩のごはんのおかげで体重増えたから、顔も丸くて、こんなにつまめます」

頬をむにっと引っ張ったが、高瀬はなにか考えるように難しい顔になった。

「も、もちろん、先輩に心配してもらえるのは嬉しいです。ありがとうございます。僕も先輩と一緒に暮らすのすごく楽しかったです。でも、恋人同士だからこそ、距離感って大事ですよね？　会えないあいだに相手の大切さがわかるとか、よく言ったりしますよね。僕都内とうちとじゃ遠距離ってほどじゃないですけど、電話するのも楽しそうじゃないですか？　週末だけ、一時間半かけて会いにいくのも、わくわくしそうだなと思ってるんです」

最後にもう一度にこっと笑いかけると、高瀬は視線を逸らした。一口肉を食べて、「ごめんね」と微笑んでくれる。

「希央に気を遣わせちゃったね。まさか、急に出ていかれると思わなかったから」

「――ご、ごめんなさい」

「いいんだ。希央が、おれたちのこと恋人同士だってちゃんと自覚してくれてるのは、進歩だもんね。……じゃあしばらくは、週末だけ一緒かな」

「――ですね」

「週末はいっぱいいちゃいちゃするから、覚悟しといてよ」

からかうような表情で高瀬は希央を見つめてくる。

「平日できない分、離してあげないからね？」

「お……お手やわらかにお願いします」

そう返して、希央はぎゅっとフォークとナイフを握りしめた。

高瀬はこんなにも譲歩してくれている。同じだけ思いやりを返すのは難しくても、希央からも歩み寄りたい。別々に暮らす年明けからはもちろん、今日も。

（——今日も、このあと、頑張ろう）

絶対逃げたりしない。高瀬には、少しでも喜んでほしいし、ずっと恋人でいてほしいから。

最寄り駅まで戻ると、空気はすっかり冷たくなっていた。よく晴れた夜空には星が明るく見え、白い光がよりいっそう寒さを感じさせる。クリスマスイブでも住宅街の駅前は閑散としていて、希央はどきどきしながら高瀬に寄り添った。

思いきって手をつなぐ。高瀬が目を見ひらいて見下ろしてきた。

「さ、寒い、から」

「——そうだね。つないで帰ろっか」

ふわっと眩しげな顔をした高瀬は嬉しそうで、希央はほっとして絡めた指に力をこめた。にぎにぎと、互いに力を入れたり抜いたりしながら、ロータリーの端の横断歩道を渡る。高瀬の顔を盗み見ると、気のせいかほんのり照れているようにも見えて、希央は慌てて視線を逸らした。

自分から手をつないだだけでも、心臓がうるさく騒いでいる。家に帰ってからが本番なのに、今からこんなに緊張していてどうするんだと、ひそかに息を吸い込んだ。

「あれ？」

向かいから歩いてきた二人連れの男たちと目があって、吸った息がぱきりと凍りついた気がした。一瞬怪訝そうな顔をした男のうちのひとりは、希央と高瀬と、つないだ手とを順番に見て、片頬を歪めた。

「久しぶりじゃん、希央」

希央は息ができないまま固まっていた。とめてしまった足が脆く崩れていきそうだ。顔からは血の気が引いていて、高瀬が気遣わしげに見つめてきても、どうにもできない。

男——国白はゆっくりと近づき、珍獣でも見るように希央を眺め回した。横に並んだ枯森は、にやにや笑って国白の肩に手をかける。

「見ろよ、手ぇつないでるぞ。クリスマスイブに、デート帰りか?」

咄嗟につないだ手をほどこうとしたが、高瀬が離さなかった。希央をかばうように半歩前に出て、国白たちを睨む。

「誰だ、あんたたち」

「怒るなって。俺たちは高校時代の彼氏みたいなもんだから」

にやつきながら枯森が国白に顎をしゃくった。

「なあ? 可愛がってやったよな」

「……ああ。全然変わらないな、希央は」

国白も、露骨に蔑む表情で、希央に顔を近づけてくる。

「まだ高校生みたいだ。いつ帰ってきたんだよ」

「じいさんが死んだから、家でヤるんだろ。よかったなあ栄恵」

びくっと全身が震えてしまい、希央は俯いて高瀬を引っ張った。あんまりだ、と思う。おじいちゃんのことまで持ち出して、貶(おとし)めるようなことを言うなんて――最低だ。

(先輩にも、聞かれてるのに)

「行きましょう、先輩」

「先輩、だってさ。年上の男好き、しかも面食いって、変わってねえなぁ」

通り過ぎても、後ろから枯森の笑い声が追いかけてきた。

「しっかりキモ声出させてもらえよ、栄恵」

ほとんど走るようにその場から逃げても、声はこびりついて離れなかった。

家について鍵を開ける段階になって初めて、いつのまにかきつく手を握りすぎていたことに気がついた。

「すみません……痛かったですよね」

指からうまく力が抜けず、苦労して離すと、高瀬がかわりに鍵を開けてくれた。希央の背中に手を添えてリビングへと導き、ソファーに座らせる。隣に腰を下ろした高瀬は、乱れた髪を丁寧に直した。

「大丈夫？」

「はい。——すみません」

「謝らないで。——あいつらと、本当につきあってたの？」

高瀬の指がこめかみを撫でてくる。希央は一度目を閉じてから、頷いた。

「片方の人と……ちゃんと告白したわけじゃなかったけど、なんとなくお互い好きだってわかって、つきあったみたいな感じでした。といっても、一か月くらいだけですけど。同じサッカー部で、それで——」

少しでも軽蔑されたくなくて、いろいろ言いたくなるのを、希央は途中で呑み込んだ。唇を嚙むと、高瀬は咎(とが)めるようにそこも撫でてくる。

「どっち？」

「――背が高いほう、です」

「二人の名前は？」

「……つきあってた人が、国白先輩で、もうひとりは枯森さんっていう、国白先輩の友達です」

答えて、手のひらに爪が食い込むほどきつく拳を握りしめ、頭を下げた。

「ごめんなさい。先輩にも、不愉快な思いをさせてしまって……」

「希央が謝ることじゃないだろう。おれのことより、自分の心配をしてよ」

高瀬が苛立ったように希央の肩を掴んだ。

「こんなに震えてるくせに、ごめんとか言わないで」

抱きしめられて、絞られるように胸が痛んだ。

何度も謝ってしまうのは、高瀬にこそ見せたくなかったからだ。希央の、一番みっともなくて惨めな部分。過去のトラウマなんて打ち明けたところで困らせるだけなのに、よりによって今日だなんて――あまりにも、ついてない。

（頑張ろうと思ってたのに）

高瀬にも幸せな気持ちになってもらおうと考えていたのに、彼にももう、そんな気はなくなっているだろう。希央の中からも、甘い緊張やときめきは消えてしまっていた。

抱きしめてもらっても、いつものようにぽかぽかした心地になれない。自分からは高瀬を抱きしめ返せずにいると、彼は背中をさすった。

「あいつらとなにがあったか、希央は話したい？」

やわらかくなだめるような口調だった。希央が首を横に振ると、ぽんぽんと後頭部を撫でてくれる。

「じゃあ聞かない。希央も、忘れちゃいなよ。誰がなんと言おうと、今の彼氏はおれだからね」

「……高瀬先輩」

「琉生さん」

「──琉生さん」

「ありがと。大好きだよ」

ちゅ、と頭のてっぺんにキスをして、高瀬は抱擁をほどくと笑顔を見せた。

「お風呂沸かしてあげるから、入っておいで」

「──はい」

「うん、いい子の返事」

今度はおでこにキスをして高瀬が立ち上がる。着たままだったモッズコートを脱いでバスルームに向かう背中を見送って、希央は胸を押さえた。

「……好き」

呟くとずきずきと心臓が痛む。今でも、国白たちから見たら、恋をしている希央は気持ち悪いのだろう。相手はまた分不相応に素敵な人で、手をつないでもらって浮かれた馬鹿に見えただろう。

(わかってるけど、でも、高瀬先輩が好き)

似合わないから、と諦めるには好きすぎるし、少しでもつりあうようになりたくて、努力をはじめたばかりなのだ。トラウマの原因と再会したくらいで、へこんで台無しにしたくない。

やっぱりキスくらいしよう、と立ち上がると、ポケットの中のスマートフォンが震えた。見れば見覚えのないアイコンで、ラインのメッセージが届いている。名前は国白のものだった。昔はサッカーボールのアイコンだったな、とどうでもいいことを考えながら、受信許可をタップして目を通す。

『明日会いたい。十一時に駅前でどうだ?』

一方的な文面をしばらく眺め、希央は返信を打った。

『わかりました』

今さらなんの用だ、とは思う。全然会いたくも話したくもないが、いい機会かもしれない、と希央はスマートフォンをポケットに入れ直した。頬を挟んで強く押さえ、ついでにぺちぺち叩く。

国白とはつきあうのも、終わりになるのも――そもそもはじまってすらいなかったわけだが、曖昧なままだった。からかわれて飽きられただけの関係だったけれど、今思えば、はっきりさせておくべきだったのだろう。希央はただ心の中で想いをあたため 、けなされたときには耐えるだけだった。好きだとも、嫌いだとも、やめろとも伝えずに、黙っていた。

相手が年上だからという理由もあって、あのころはなにも言えなかったけれど、今なら「からかわれるのは迷惑だ」と伝えることもできる。伝えて、国白になにを言い返されてもかまわない。どうせ昔以上に傷つくことはないのだ。

最低限、高瀬にだけは二度と不快な思いをさせないよう、決着をつけるつもりだった。

翌日、希央は「用があるから」と早めに家を出た。高瀬は心配そうだったが、ひとりで大丈夫だと明るく請けあうと、引きとめられはしなかった。

気合いを入れるためにコーヒーショップで三十分ほど過ごし、駅前の待ち合わせスポットになっている、大きな木を目指すと、国白はもう来ていた。もしかしたら、と身構えていたが、今日は枯森はいないようだ。

国白は希央を見つけると、一瞬、ほっとしたような表情を見せた。すぐにそれを隠すように、「よう」と挨拶して寄越す。

「寒いからカラオケでも行こうぜ。希央の好きな歌うたってやる」

「けっこうです」

希央は木をぐるりと囲むベンチを指差した。

「話なら、ここでしましょう」

意表をつかれたように、国白が目を丸くした。

「……なんだよ、昨日のこと怒ってるのか？　彼氏に愛想つかされたか？」

「つかされてないです」

「じゃあ怒ることないだろ。──待ってろ、飲み物買ってくるから」

座ってろ、と言いおいて国白が去っていく。なんでも命令口調な人だ、と気がついて、希央はため息をついた。

憧れていたことがあるのが不思議なほどだった。高校生で、部活の先輩だったから、というのは大きいが、それでもあの横柄な態度や雰囲気が「いいもの」ではないと、気がついてもよかった。思いやりのある高瀬とのやりとりに慣れた今となっては、いっときでも好きだと思ったことが馬鹿みたいだ。

（あの人に比べたら、清太だって麻衣子先輩だってかっこいいよ）

比べなくても二人ともかっこいいけど、と思いながら冷たい石のベンチに腰かける。数分で戻ってきた国白は、両手に紙カップを持っていて、ひとつ手渡してきた。

「おまえ甘いの好きだろ。キャラメルラテ、シロップとチョコレートソース追加してもらったぞ」

「……ありがとうございます」

甘いものは嫌いじゃないけれど、飲み物は甘くないほうがいい。ブラックのコーヒーは得意じゃないからいつもカフェオレにするのだが、シロップ入りにはしない。そんなことも、この人は知らないのだと思った。

それはそうだ。部活で一緒だった期間も四か月だけで、親しく過ごしたのはもっと短い。希央だって、非難できるほど国白のことを知っているわけではなかった。

甘い飲み物に口をつけると、国白がどさりと隣に座った。

「いちおう昨日のことは謝っておくわ。枯森のやつ、すぐ人のこと馬鹿にするからな」

「――」

「おまえが根っからの男好きでも、俺は軽蔑してるわけじゃないんだ。でも、認めてるようなことを言うと枯森がうるさいから、あわせておいたんだ。おまえも、彼氏の前でいやな思いしたくないだろ？」

謝ると言いつつ、国白の口調は恩着せがましかった。視線が横から注がれるのを感じながら、希央は見つめあう気になれずに、手にしたカップを見下ろしていた。

――たぶん、国白は本当に悪いとは思っているのだ。それを素直に言うのがカッコ悪い、と思っているだけで。

「おい、聞いてるか?」

国白が覗き込んできて、希央は顔を背けた。

「昨日のことは、もういいです」

「怒ってるじゃないか」

国白は唸るような声を出し、大きくため息をついた。

「悪かったって。高校のときのことも、謝る」

真面目さを増した響きに、思わず振り返る。国白は不貞腐れたような表情で、紙カップを弄(もてあそ)んでいた。

「正直言うと、おまえのことは可愛いと思ってたんだよ。懐かれたら悪い気しなかった。でも、茶化さないとあいつらにからかわれるからさ」

ざわっと悪寒が身体中をめぐった。黙った希央の顔を一瞥し、国白は肩をすくめる。

「言えないだろ、可愛いなんて。だからキモいって言ったけど、本気でけなすつもりはなかったんだ。まさかおまえが、あんなに傷つくと思ってなかった」

じゃあ、傷ついたことはわかっていたのか。

そう言いたかったけれど、込み上げてくる怒りが大きすぎて、うまく言葉にならなかった。信じられない。わかっていてすぐに謝りもせず、今ごろになって打ち明けて、謝った気になれる神経が。

（だいたい、最初にキモいって言ったときは二人きりだったじゃないか）

自分だって勃起していたくせに、希央だけが悪いみたいな言い方をした。それも全部、友人の手前ついた嘘だった、ですませるつもりなのか。

希央がなにも言わないせいで焦ったのか、国白がにじり寄ってきた。

「おまえ俺のこと大好きだろ？　昨日の彼氏とうまくいってないみたいだし、今度はちゃんとつきあってやってもいい」

膝に手を乗せられて、嫌悪感で目眩がした。希央は払いのけて立ち上がった。

「やめてください。たか――昨日の人とは、うまくいってます」

「見栄張るなよ。怯えた顔して、がちがちだったろ。手もつなぎたくないのに掴まれてた」

「緊張してただけです」

「彼氏相手になんで緊張するんだよ」

国白が勝ち誇ったように言い、希央の正面に立った。大胆に肩に手が乗せられ、ぞっと背筋が冷たくなった。

「俺ならおまえのこと、可愛がってやれるぞ」

「国白先輩とは無理です」

がっちり食い込む指を引き剝がし、希央は国白を睨んだ。

「おつきあいは、できません」

「なんでだよ。謝っただろ？　そりゃあいつのこと好きかもしれないが、どうせすぐ飽きられるぞ。あの様子じゃセックスしてないもんな？」

懲りない国白は、なおも抱き寄せようとした。

「あいつの前であへあへ言ってみろ、一発で――」

「残念、エッチはもうしました」

ふいに背中から抱きしめられ、希央は目を見ひらいた。

ぴったりと守るように希央の身体に腕を回した高瀬が、国白に向かってにこやかに笑う。

「すごく健気で、おかげで余計好きになったよ。でも腹が立ったんだ。希央をこんなふうにしたのは過去の相手だってわかったからさ。――あんた、心底最低だな」

すう、と高瀬の目が剣吞な光を帯びた。見たことのない表情と、聞いたことのない冷ややかな声だ。希央でさえすくみそうになったその迫力に、国白は完全に気圧されたように息を吞み、悔しかったのか勢いをつけて吐き捨てた。

「誰が最低だ。ふざけんなよクソ野郎」

「おまえだよ、馬鹿が」

低く応じて、高瀬はもう一度きゅっと希央を抱きしめた。

「大丈夫？」

「……はい」

希央は半ばぽかんとしたまま頷いた。鋭利な刃物みたいな表情でも、希央に向けた声は普段どおりで、理解が追いつかない。どうしてここに高瀬先輩が、と困惑しているうちに、高瀬は国白と向き合った。

「最低なやつの友達も最低だったけど、枯森くんだっけ？　彼から全部聞いたよ。あんたとあいつが、希央にしたこと」

「……っ」

国白が顔をしかめ、希央は思わずどきりとして高瀬の横顔を見上げた。だが、声をかけようとすると、高瀬が手で制してくる。

「あんたらがやったことは、完全に犯罪なんだってわかってる？」

「――やってない」

顔を紅潮させて国白が言い返した。

「べつに悪いことはしてねぇよ。俺は男なんかに突っ込みたくないのに、媚びてきたのは

希央のほうだ。やれねえって言ったら被害者ヅラするから、枯森は親切で抱いてやろうって言い出したんだぜ？」

早口で捲したてられるのは、身勝手な言い訳だった。希央はすっかり冷めた気持ちでそれを聞いた。

「どっちにしても未遂だし、七年も前のことでうるさく言われる筋合いはねぇよ。だいたい、こいつは俺のこと好きだったんだから、合意だろ？」

「枯森とは合意じゃないだろ。それに、仮に合意でも暴言を吐いていいってことじゃない」

高瀬は一瞬も国白から目を逸らさなかった。手を伸ばし、指先を相手の胸元に突きつける。

「希央が、どんだけ苦しんだと思ってんの」

はっとしたように、国白の目が泳いだ。

「こんなに可愛いのにいっつも遠慮ばっかして、声がみっともないとか言わせて、新しい恋もできないくらい傷つけて。それが仮にも好きな相手にすることかよ」

「――俺はべつに」

「おまえに傷つける気があったかなかったかじゃない。事実として、希央を傷つけたんだよ」

怒鳴るわけでもない静かな声は、けれど切るように鋭かった。国白はうろうろと視線を彷徨(さまよ)わせ、救いを求めるように希央を見てくる。

「でも……不登校とかならなかったし、普通にしてただろ。ちょっと傷ついたってだけで」

「無理してたに決まってるだろう。おじいちゃんに心配かけたくなかったんだよ」

あんた本当に馬鹿だな、と高瀬は呆れた声を出した。でも、と国白は言いつのる。

「今日だって俺が呼び出したら来たぞ。未練があるから——」

「来たのは、決着をつけたかったからです」

声を出すと、高瀬が振り返った。心配そうに見つめられて、ほっと胸の真ん中があたたかくなった。高瀬の優しい視線は、なにも変わっていない。昨日のことがあっても、全部知られても。

「ずっと、誰かを好きになるのが怖かったけど、好きだって言ってくれる人に心配させたり、我慢させたりするのはいやだから、ちゃんと言おうと思ったんです。——僕のことを好きじゃないなら、からかったりしないで、そう言ってほしかった。気持ち悪いって言われるくらいなら、僕だって諦めるし、もちろん今は、全然好きじゃないです。会いたいとも、話したいとも思ってません。だから——だから、これからは見かけることがあっても、ほっといてください」

なるべく背筋を伸ばして告げるあいだ、国白は怒りか屈辱かで赤くなっていた顔から、だんだんと色をなくしていった。恵まれた長身まで萎(しぼ)んだようで、希央、とうめくように呼ぶ。

「俺は……」

ふらりと近づいてこようとした国白を、高瀬が片手で押しとどめた。

「ちなみにおれは希央みたいに優しくないからね。あんたの出方次第では徹底的にやり返す」

唇の端を吊(つ)り上げるようにして、高瀬は笑った。

「社会的にもあんたを潰すのはわけないし、喧嘩でもたぶんおれのほうが強いよ？」

国白の胸ぐらを摑んだ高瀬は、そのまま彼を吊り上げた。国白が腕を摑んで払おうとしてもびくともせず、踵が浮き上がる。

「クソッ、離せ！」

「嘘だと思うならお友達に聞いてみてね。そろそろ電話がかかってくるはずだから」

笑顔のまま高瀬が手を離す。たたらを踏んだ国白の腰のあたりで、スマートフォンが音をたてた。国白が悔しげに高瀬を睨みながら電話に出ると、相手が大声で怒鳴るのが、希央にもきれぎれに聞こえてきた。おまえのせいだ、とか、そいつはやばい、とか。

「帰ろう、希央」

踵を返した高瀬が、希央の頭に手を乗せた。

「いっぱい頑張ったね」

「――はい」

じわっと涙が滲みそうになり、希央は微笑み返した。手をつないでもらい、ぴったりと高瀬に寄り添う。

「ついでだからスーパー寄ろうよ。おせちの材料買わないとね」

「買うもの、メモしてくれればよかったです」

さりげなく振ってくれる日常的な話題に応えて、きゅ、と高瀬の手を握る。

「……どうして、あそこにいるってわかったんですか？」

聞きたいことはたくさんあった。一番聞きたいことからは切り出せず、そう聞くと、高瀬は首を横に倒して、希央の頭に頰をくっつけた。

「希央、出かける予定があれば前もって言うでしょ。今日は用事があるって言ったけど、事前になにもおれに伝えなかったってことは、急に決まった予定だと思って。どんな用事か言わないのは、言いたくないからだ。だったら昨日のあいつしかいないだろう？　で、あいつと待ち合わせるとしたら、駅前かなと思って来てみたんだ」

「……すごいです。なんでもお見通しなんですね」

「なんでもじゃないよ。枯森のことがわかったのはおれの力じゃないし」

二人とも珍しい苗字だからやりやすかったよ、と高瀬は肩をすくめた。

「希央の話を聞くかぎり、あいつらもこのへんが地元みたいだからさ。商店街の友達に電話して、枯森くんと昨日飲んだんだけど、忘れ物預かってるから家の住所教えてって言ったら、教えてもらえちゃった」

嘘ついてしまいました、といたずらっぽく高瀬は舌を出してみせた。スーパーの自動ドアから中に入り、カートにかごを乗せる姿を眺めつつ、希央は感嘆のため息をついた。

「先輩、いつのまに商店街に友達なんて作ったんですか……」

「コンビニで希央に声かけてきた女の人いたでしょ？　あの藤田さんとはよく挨拶するようになって、藤田さんの紹介で何人か、おばさま方とアドレス交換したんだ」

コミュニケーション能力が高い彼らしい。でも、枯森とは友達になったわけではないはずだ。

「枯森先輩が、高校のころのこと話すとは思いませんでした」

自分に非がなくても、ああいうことは他人に知られたくないと思うものだ。まして自分が加害者だと少しでも自覚があれば、親しくない相手には言わないだろう。

「あいつはちょっと脅かしたよ。ダメもとで知り合いに聞いてみたら、枯森のこと調べてくれたんだよね。かなり評判悪くて、やっちゃだめなことといっぱいしてたから、そのネタで脅かしたんだけど、そしたら怒って殴りかかってきてさ。幸い弱くて、拳をとめたら怯えてくれたから助かったよ」

「……もしかして、喧嘩、ほんとに強いんですか？」

　高瀬は目立つし性格も明るいが、荒んだ雰囲気はいっさいない。むしろどこか、ノーブルな気配さえするのだ。なのに、さっきは国白のことも持ち上げていた。

（名前だけで枯森先輩の悪行を調べてくれる人が知り合いとか……もうコミュニケーション能力が高いというレベルじゃないよね？）

　高瀬は決まり悪そうに大根を手に取った。

「恥ずかしいからあんまり言いたくないんだけど、まあ弱くはないかな。高校生までは容姿のせいでよく絡まれたからね」

「――それだけ？」

「食い下がるなあ。……中学までは、空手もやってた。翔平が小さいころから続けてて、あいつと張り合ってたから」

　これ内緒ね、と珍しく耳を赤くして、高瀬は「それより」と声を改めた。

「希央がどういう気持ちで会いにいったかはわかったけど、無茶はよくないよ。今回はたまたま無事だったたし、おれも間に合ったけど、もしあの飲み物に睡眠薬でも入れられてたら、危なかったんだからね」

　ごく真顔な高瀬に、希央はふふ、と笑ってしまった。

「さすがにないですよ、薬なんて」

「ないとは言えないよ。国白が小心者だから度胸がなかっただけで、卑怯なやつなんていっぱいいるんだ」

前から来る、陳列棚に夢中でこちらを見ていない男性を避けて脇の通路に入り、高瀬は顔を近づけた。

「今後はないと思うけど、いやな相手に会うときは、事前に教えておいて。いざとなったら助けられるように、近くに味方を置いておかないとだめだよ」

至近距離から見つめてくる瞳は真剣な光を帯びていて、きゅっと喉の奥が疼いた。

「はい。そうします」

「約束だよ。希央はすぐ自分だけで抱え込んじゃうけど、恋人にはなんでも頼って」

頷いただけでは足りない、とでも言うように、高瀬は希央の頬に触れた。

「希央がおれを心配して塩を持ってきてくれたみたいに、おれだって希央を心配してるんだよ。わかってる?」

クリスマス商品とお正月用品が混在するスーパーの店内にはそれなりに人がいるのに、高瀬は希央しか見ていなかった。

「もうひとりじゃないってこと。おれはきみが、好きだってこと」

嚙みしめるように伝えられる言葉は、耳から入り込んで膨らんでいくようだった。綿菓子みたいにやわらかく、でも確実に、希央を内側から丸くして、満たしていく。

「希央は、おれの宝物なんだよ。すごく大事じゃなかったら、一回振られたみたいなものなのに、こんなふうに追いかけたりしない」

「――琉生先輩」

どうして不安になったりしたんだろう。高瀬と国白は全然似ていない。彼なら希央のことを馬鹿にしたり傷つけたり、弄んだりするわけがないのに。

彼だけは、出会ったときから希央を、ひとりの人間として――粗大ゴミでも、軽蔑する相手でもない、ちゃんとした人間として、認めてくれていた。

泣きたいような気持ちに押されて、希央は笑った。

「……僕、先輩のこと、ずっと前から――モブの話をしたときから、ずーっと、好きだったんです」

初めてだ、と思った。

誰かにはっきりと、好きだと告白するのは初めてで――こんなに清々(すがすが)しいものなのだ。

服を脱がされる途中で肩に唇が触れてきて、希央は口をふさいだ。

「ん……っ」

手でふさいでも、ふーふーと速くなった呼吸は隠せない。希央の下着を下ろそうとしていた高瀬が、口を覆った手の甲に口づけた。

「声、まだ聞かれるのいや？」

「――まだ、恥ずかしいです」

嘲笑されたりしないと思っても、いきなり全部オープンにはできない。

「おれは好きだよ、希央の声。無理はしなくていいから、少しずつ聞かせてね」

あやすように優しく高瀬は言って、色っぽく目を細めた。

「でもたぶん、途中から気にしてられなくなると思うよ」

「っ、それってどういう……、んっ」

彼の指先が乳首を掠めて、ぴくっと震えが走る。高瀬は「脱がせて」と囁いて、希央の手を自分の腰に導いた。

ボトム越しにも腰骨や筋肉の感触が伝わって、希央はぎこちない手つきでウエストのボタンを外した。途端、高瀬は希央の分身に触れてきて、短く息が跳ねる。

「ッ、……待っ、ん、……ぁっ」

「ん、おっきくなった」

覆いかぶさるようにして高瀬がキスする。唇だけを啄まれながらゆっくりと性器をしごかれると、頭の芯がとろけたようにぼんやりした。

「は……っん、……んむ、……っぁ、……っ」

わずかに声が出るたび、高瀬はちゅっと唇を吸う。じっと見つめてくる眼差しには熱がこもっていて、キスと同じくらい優しい。何度まばたきしても甘い表情は変わらなかった。

「希央可愛い。リラックスしてきたね」

「ぁ……っ、そ、そこは、んっ……」

うっすら窪んだ性器の先端をこりこりといじられる。熱が迫り上がって溶け出す錯覚に、背筋がしなった。

「先っぽ気持ちいいよね？　この前、あんまり触ってあげられなかったから——もういっぱい濡れてて、嬉しいよ」

「や……っ、出ちゃう、先輩っ、……ぁ、んッ」

上ずった声が溢れかけ、咄嗟に手を口にあてがおうとすると、希央、と高瀬がとめた。

「おれのも触って？　そしたら恥ずかしくないから」

「——先輩の？」

「いやじゃなかったらでいいよ」

キスしながら囁かれ、希央は視線を下半身に向けた。

希央にまたがった高瀬の脚のあいだで、彼のものが下着をくっきりと押し上げている。

高瀬は身体を起こすと、見せつけるようにボトムと下着を脱ぎ去った。なめらかな筋肉の隆起と、硬くなった雄のかたちに、希央はごくりと喉を鳴らした。

裸を見るのは初めてではないのに、綺麗だ、と強く思う。痺れるような感覚はたしかに喜びで、再びのしかかってこられると、自然と口がひらいた。

「琉生先輩……」

手探りで高瀬のものに触れ、張りつめたそれをそっと握る。高瀬の手も希央の分身を包み込んで、こすりあいながら唇を重ねた。

「んぅ……、ん……っ、は、……ぁ、琉生せんぱ、……ぁっ」

「さっきよりゆるんだ顔してる。気持ちいい？」

「っはい……、きもち、いいです……っ」

高瀬の手のひらも、キスのあいまにかかる吐息も、握った性器のすべすべした感触も、気持ちがよくて嬉しい。素直に告げると舌が差し込まれ、希央は無意識に唇をすぼめた。やわらかく厚みのある舌を吸うと、唾液が甘く溶けあって、喉までじぃんとする。

「ふ……っぁ、……っ、ん、……んん……っ」

しごかれる分身は濡れているせいでちゅこちゅこと音をたてている。表皮が動く感触と芯の腫れぼったさに、不規則に腰が揺れそうになり、ぐっとこらえると、高瀬が「我慢しないで」と囁いた。

「いくとこ見せて？」

「……きっと、変な顔、ですよ……」

「希央が変だと思ってても、おれには絶対好きな顔だよ。希央の顔、好みなんだもん」

「──嘘」

「ほんと。刺々しい感じがいっさいなくて、ほわほわしてて優しい顔で大好き」

「ほわほわ……」

人畜無害な弱そうな見た目も、高瀬の言い方だと愛らしいうさぎみたいに聞こえる。

「ほかにもいっぱい、好きなとこだらけだ」

高瀬は掬うように根元の膨らみにも触れた。一番弱い部分を預ける心もとなさは、袋の後ろへと指を伸ばされるとざわつくような快感になる。

「っぁ、……ふ、ぅっ、……っん、……ッ」

「目も正直で可愛いなって思うし、人の話を聞くとき、いっぱい頷くのも好き。おっぱいちっちゃめなのもすごい好み」

「な、なに言ってるんですか、……っぁ、あっ」

空いた手できゅっと乳首をつままれて、じぃんと快感が胸に広がった。肌の奥を伝う快感はくりくりといじられると下腹部まで響く。

「あ、……ぁ、あ、……ぁっ」

「もういきそう？　いいよ、遠慮しないで」

高瀬は雁首（かりくび）を締めてくる。動きをあわせて乳首をころがされると、胸が気持ちいいのか、性器が感じるのかよくわからなかった。身体中燃えるようで、希央はびくんと身体を波うたせた。

「ぁ、――……っ」

精液が勢いよく噴き出していく。数秒、頭が真っ白になり、ぐったりと手足から力が抜けた。耳の奥で、どくどくと血が流れる音がする。

「気持ちよくしてあげられてよかった」

高瀬が鼻先に口づけた。

「そのまま、力抜いてて」

言われなくても動けなかったけれど、脛（すね）を撫でて膝を持ち上げられると、くうっと腹部が緊張した。蛙みたいに脚をひらかされ、無意識にシーツに爪を立てる。

「摑むならシーツじゃなくて枕にして。両手を上げて――ＡＶで観たことない？」

高瀬はいたずらっぽく微笑みかけてきた。そういえば観たことある、と希央は顔を赤らめた。

「先輩も、そういうの、観るんですか……？」

「おれだって男の子ですから。引いた？」

太腿を撫でながら聞かれて、首を横に振る。

「ほっとします。琉生先輩も普通の人だなって」

「希央の愛が深くて嬉しいよ。——おれも同じ」

高瀬は希央の膝にキスして、甘やかな眼差しで希央を見つめた。

「希央のこと大好きだから、知らなかった部分を教えてもらえると、舞い上がりそうになる」

「琉生先輩……」

気持ちのこもった視線と言葉に、心も身体も、とろんとゆるんだようだった。高瀬が膝を胸のほうへと畳ませるのにあわせて、自然と股がひらく。

「ちなみに、あのポーズはおれ調べでは、シーツを摑むより身体が強張りにくい」

「ほんとに？」

「試してみて？」

にこ、とされて、希央はおずおずと、顔の両脇あたりで枕を握った。

恥ずかしいけれど、それを凌駕（りょうが）するくらい、続きがしたかった。高瀬が潤滑剤を絞り出して窄まりに触れてきて、深く息を吐く。

「……っは、……ん、く……っ」

スムーズに埋め込まれる指を、自分の襞が巻き締めるのがわかった。かき分けて奥へと挿入されると、意識までかき回されたみたいにくらくらする。硬い異物感に生理的に腹が震えたが、より危ういのは引き抜かれる感触だった。

「ぁ、……んっ、ぅ、……あ、あっ」

「浅いとこ気持ちいいよね。希央の中あったかいから、おれも気持ちいいよ」

第一関節分だけ埋め込んで、高瀬はくにゅくにゅと刺激してくる。そうされると快感とも熱ともつかない感覚が膨れて、希央はきつく枕を握りしめた。

汗が身体中に浮いている。閉じられなくなった口の端が唾液で濡れていて、だらしないと思うのに、もう声が我慢できない。

「あ、あ……っ、は、ぁっ、琉生、せんぱ、ぁ、あっ」

「奥もよくなってきた？　二本入れてみようか」

いっそ貫いてほしいのに、高瀬は決して急がなかった。ジェルを足して指を増やし、ぞわぞわするくらい気持ちいい浅い場所を愛撫し、丁寧に第二関節まで埋める。ゆるゆると腹側を探られると、びん、と弾けるような感覚が走った。

「ッは、ぁ、あぅ……っ」

かくんと顎が上がり、こらえるまもなく声が出た。ぷっくりと膨らんだように感じるそこを、高瀬は二本の指で揉んだ。

「控えめだからわかりにくいけど、ここ、希央のスイッチだね」

「や、あ……っ、あっ、出っ、……いく、……っそこ、や、ぁっ」

いじられると性器の内側にびりびりと快感が伝播する。とろっと先走りが鈴口からこぼれ、希央は夢中でかぶりを振った。

「ほ、ほんとにいっちゃ、うから……っ、あ、ひ、……っぁ、あっ」

「いいよ、いって。こりこり気持ちいいでしょ?」

高瀬はうっとりしたような表情で唇を舐めた。

「希央の声、腰にくるな。我慢できなくなってるの、すごく可愛い」

「あぅっ……あっ、や、ぁ、——あっ、……あ、——ッ」

込み上げてくる射精感に耐えられず、希央はぴゅっと精液を噴いた。吐精のあいだもしつこく内側から揉まれて、きぃんと耳鳴りが襲ってくる。

「は……ふ……っ、ぅ、」

ぐったり脱力すると、高瀬が唇の端を舐めてくれた。かるいキスをしながら、指は奥へと入れてくる。腹にも力が入らないせいで、抵抗なく深くまで入ってしまい、身体が勝手にひくひくと跳ねた。

「あ……っおく、おくも、……は、ぁあっ」

「奥も好き? くちゅくちゅされるのと、ピストンされるのどっちがいい?」

「あ……っ、ぁ、あぁ……っ!」

指を曲げてぐるりと拡張されたかと思うと、勢いをつけて出し入れされ、また意識が甘く霞(かす)んだ。

(むり……おなかの中、きもちよすぎる……)

手足も、腹も、小刻みに震えてひりつくようだ。指を呑み込んだ肛門はかゆいように疼いていた。ずっと達しているみたいだ。気持ちよくて、快感で——でももっとかき回してほしかった。

もっと大きくて確かなもので、ふさいでほしい。

「希央? どうされたいの? 教えてくれたら、なんでもしてあげる」

高瀬はキスをまじえて促してくる。希央は熱でうるみきった目で見上げた。

「指、じゃなくて、せんぱいのが……、いい……っ」

高瀬がうっと息をつめた。それから丁寧に指を抜き、目元と唇にキスをする。

「入れる前に、あと二回はいかせてあげたかったのに——希央はけっこう、おれの扱いが上手だよね?」

拗ねたようにぼやきつつも、コンドームのパッケージをやぶる。つけるんだ、とぼんやり目で追うと、高瀬は安心させるように微笑んだ。

「つけてたほうが希央が楽だよ。痛いのいやでしょ? この前、せっかく初めてだったのに、あんまり愛してあげられなかったから、今日は安心して気持ちよくなって」

心臓の真ん中が嬉しさで痛む。あのときだって十分丁寧にしてもらったのに、もっと、と高瀬は考えてくれているのだ。

「――痛くても、へいき」

手を伸ばす。貫く場所に分身をあてがう高瀬の腕を摑むと、彼はかるく希央を睨んだ。

「そういうこと言っちゃだめ。平気だって言うんじゃなくて、希央が好きなこと、してほしいことをおねだりしないと」

「おねだり……？」

丸くて力強い塊が襞をふさぐ。は、と息をこぼして希央は目を細めた。閉じたくない。高瀬の顔を、見ていたかった。

「さっきみたいに、おれの入れてとか、気持ちよくして、とか」

「――っ、ぁ、……っ」

ぐっ、とねじ込まれた性器は、予想よりもずっと太く感じられた。一度は受け入れたはずなのに、もっと大きくて、熱い。

「頭撫でてとか、キスしてとか」

掠れて少し乱れた声で、囁きかけながら高瀬が腰を進めてくる。暴力的なまでの性器の逞しさとは反対に、声音はどこまでも甘やかだ。

「卵焼きは甘くしてとか、ぎゅってしてとか――なんでもいいよ。希央がしてほしいことを、おれには言ってよ」

「……っは、ぁ、……ん、ぁ、……っあ、……ん……っ」

じっくりと押し込まれた高瀬のものが、腹の中で脈打つようだった。ゆするように打ちつけられるとかくんと頭が揺れ、浮いた足が自分のものではないように思える。おなかがぱんぱんに膨れたみたいだ。熱を孕(はら)んで重たく、腰から下が痺れる。

はあっと喘ぐと、隙を狙ったかのように、高瀬が強く穿(うが)った。

「——っぁ、あ、ああっ」

「言ってよ。——なにが好き？」

「ぁ……っ、く、……ぅ、んっ、あ、あっ」

「希央。好きなこと、教えて？」

奥がぐずぐずに崩れていくみたいに感じる。跡形もなくなってしまいそうなのに、快感は指先にまで響いて、怖いよりも気持ちいい。視界はちかちかと眩しくて、まばたきしても視点が定まらなかった。ぼうっと見上げると、高瀬が濡れた目尻を拭ってくれる。

希央、と艶めいた声に呼ばれて、希央はふにゃりと笑った。

「す、き」

「うん？　なにが好き？」

「せんぱい、が……、琉生さ、んが、好き」

「──希央、それはずるいよ」

眉をひそめて高瀬がうめき、希央の手を摑んだ。指を絡ませてシーツに縫いとめ、色気を増した瞳で見下ろしてくる。

「じゃあ、あげるね」

「………っ！」

言うなり勢いをつけて突き入れられ、喉の奥から息だけが漏れた。びんびんと響く衝撃はすぐに甘く拡散していき、余韻に全身が震える。

「ひ……ぁ……──ぁ……っ」

「すごいね、甘いきしちゃった？　おなかの中までぴくぴくしてる」

高瀬は耳に口を近づけて囁いた。可愛い、と言いながら続けざまに腰を使われ、今度は視界が暗くなった。

呑み込んだ場所がぐっしょりと濡れている気がする。高瀬が動くとぬるぬると肌がこすれて、それさえも気が遠くなるほど気持ちいい。希央、と呼ばれるとたまらなく幸せで、希央は揺さぶられながら呼び返した。

「琉生、さ……っぁ、……っ好き、あっ、は、ぁあっ、すき、」

「おれも希央が好き。深いとこ気持ちいいね。やわらかくて吸いついてるの、わかる？」

「ん、ぁ……っす、好き、琉生、さ……ぁ、は、んんっ」

「太腿震えてきちゃったね。一緒にいこうか」

焦点が定まらないまま見つめてもわかるほど、愛おしそうな表情で、高瀬は前髪を優しく払ってくれた。

「怖くない？」

じわりと胸の奥に喜びが広がった。最後まで大切に気遣われている自分が、誇らしい。いっぱいに股をひらいた格好で汗まみれで、顔だって歪んで、今にも射精しそうになっている原始的な動物みたいな状態でも、高瀬の前では愛される恋人だ。

「……うれし、い、です……っ」

希央は手を伸ばして高瀬の首筋に抱きついた。きつい体勢に背骨がきしむのも気にならない。本能にまかせて下から腰を動かすと、高瀬の動きが速くなった。

「……っぁ、は、……ぁっ、ん、…はッ…んッ」

ぐちゅぐちゅと突かれて胃のあたりまでひずんだように感じる。高瀬の雄はハンマーのように重たく希央の大切な場所を穿ってきて、少しずつかたちを変えられていくようだ。キスみたいだ、とぼんやりした意識で希央は思う。

唇で肌に触れられるのに似て、性器で穿たれるのも痕跡が残る。埋まっていたものを掘り出すように、あるいは、特別な種を植えつけるように、丹念に繰り返し繰り返し、奥を突かれて、変わっていく。

（あ——来る……っ）

身体の中心からうねるように予感が込み上げて、希央は逆らわずにその感覚を追いかけた。ねっとりと溶けてしまった腹の奥が痙攣をはじめる。高瀬の分身がひときわ熱と太さを増したような気がした直後に、崩れるようにその瞬間がやってきた。

「——っ、……っ、——……！」

苦しいほどの快感だった。希央の知っている射精の感覚とは違い、二重三重に悦びが谺する。ぎゅっと抱きしめた腕の中では高瀬の身体も張りつめて、かすかなうめき声を聞くとまたどっと愉悦が溢れた。高瀬も達したのだ。

（よかった。二人で……ちゃんと、できた）

荒い息遣いが整う前に、高瀬は黙って口づけてくる。希央は微笑んでそれを受けとめた。

腕枕してもらって寄り添うと、思っていた以上におさまりがよくて、ほわっとあくびが出た。

「眠くなっちゃった？」

希央の髪を梳きながら、高瀬は名残惜しそうに頭にキスした。

「眠そうな顔も好きだけど、寝顔も好きだから、寝ちゃってもいいよ」

「……琉生さんは眠くないんですか？」

希央はシャワーを浴びるのも億劫なくらい疲れたのに、高瀬はまだ体力に余裕がありそうだった。あんなにしたのに、と思ったが、高瀬が一度しか達していないことに思い当たって、はっとした。

「そうだ……！　僕、次のときは頑張ろうと思ってて、せっかくいろいろ勉強したのに、できませんでした……」

国白のことがあったせいで、すっかり頭から抜けていた。

「勉強？」

希央の髪をいじりながら、高瀬は怪訝そうだった。希央はこっくり頷いた。

「エッチのときの技術を、勉強したんです」

「……エッチのときの技術」

「先輩にも気持ちよくなってもらおうと思って、舐め方とか、自分でほぐすやり方とか
――動画も観たのになぁ」

「すごい勉強熱心だな」

高瀬が苦笑いしてくしゃりと頭を撫でた。

「希央の勉強の成果はちょっと興味はあるけど、おれはしてあげるほうが好きだから、希

央は気持ちよくなってくれればそれでいいよ？」

「……いやです」

希央はむっと唇を突き出して、すぐ近くにある高瀬の顔を見つめた。

「一方的なのは、よくないと思います」

「うーん、じゃあ、交換条件にしようか」

悩むそぶりをしながら、高瀬の目は楽しそうにきらめいていた。

「今度は希央にいろいろサービスしてもらうから、かわりに、一緒に住もうよ」

「え……でも」

「莉輝に聞いたけど、希央の新しい職場、頑張ればここからも通えるよね？　大変だったらおれが車で送っていくから、絶対一緒に暮らしたい」

いいでしょ、と耳にキスされて、希央は戸惑って身体を起こした。

「でも、前に、いつまでも同居はいやだって言ってましたよね？」

「やだよ、もちろん」

当然のように頷かれ、よけいに困惑する。だって違うでしょ、と高瀬は希央を引き戻した。

「恋人と一緒に住むのは同居じゃなくて同棲だよ。いつまでも先輩後輩で同居じゃいやに決まってる」

そういう意味なのか、と希央は脱力しそうになった。

「……じゃあ、一緒に住むのが苦手ってことじゃ、ないんですか？」

「苦手だったらそもそもここに引っ越してきてない」

にぶいなあ、と半分笑いながらため息をついて、高瀬はこつんと額をぶつけてくる。

「大好きだから、一緒に住もうよって持ちかけたんだよ」

「――琉生さん」

じぃんと感動してしまって、希央は名前を呼ぶことしかできなかった。その背中を抱き寄せて、高瀬は独り言のように言った。

「自分でもちょっと引いてるんだけどさ。普段から、大事な友達のことになると世話を焼きすぎる自覚はあったけど、恋人が相手だともっとだめみたい。――希央のこと、一秒も目を離したくない」

「一秒も？」

「無理なのはわかってるよ。不健全だなとも思うから、ほんとは仕事もずっとおれのこと手伝ってくれるか、せめて在宅ワークがよかったけど、希央が好きなことやるのは嬉しいから、我慢する。でも同棲だけはしてほしいんだ」

高瀬は自嘲気味にため息をついてつけ加えた。

「ごめんね、めんどくさい彼氏だよね」

「いえ、そんな……」

びっくりはしたけれど、面倒だとは思わなかった。愛情が重めなのは、正直わりと嬉しい。

「どっちかというと、僕のほうがめんどくさい、気がします」

「希央、素直なのに頑固なところもあるもんね。でも、そういうところも可愛いんだよなぁ」

高瀬はちゅっと額にキスすると、我慢できなくなったように、頬や鼻にもキスを繰り返した。じゃれるような行為にくすぐったく首をすくめて、上目遣いに見つめあう。ふっと高瀬の視線が唇に向き、希央は目を閉じた。

しっとり重なるだけのキス。先輩はキスが好きだな、と希央は思う。手をつなぐのも、いちゃいちゃするのも、好きで上手だ。そういう高瀬はちょっと可愛い。自分よりずっと大人で頼り甲斐もあって、面倒見もよくていろんな人に好かれる人だけど、なにからなにまで完璧なわけじゃない。でも、高瀬が言うとおり、そういう部分も好きだ。

「希央？　返事は？」

待ちきれなくなった彼に催促されて、希央はこくんと頷いた。

「同棲、よろしくお願いします」

うずら豆の甘煮と栗きんとん、紅白なます、煮物に伊達巻。手作りしたのはそれだけだったが、買い込んだローストビーフやかまぼこ、昆布巻き、海老の姿焼きや黒豆などを高瀬が綺麗に盛りつけてくれたおかげで、見た目はいかにも縁起がいい。

　正月らしい雰囲気が出るからと、普段は高瀬が仕事で使っている部屋にこたつを出して食べることにした。石油ファンヒーターがぼおっと音を立てている。外は冷え込んで今朝は氷点下まで下がったらしく、古い家は室内もまだひんやりしていたが、窓からたっぷりと入る日差しのおかげで、見た目はいかにもあたたかだ。

「明けましておめでとう」

　部屋に入ってきた希央に、高瀬が笑顔で挨拶してくれる。希央はなぜか照れてしまって、赤くなって返した。

「明けましておめでとうございます。……その、今年もよろしくお願いします」

「こちらこそよろしくね。あ、せっかくだから隣に座ってよ」

　向かいに座ろうとしたら手招きされ、希央は高瀬の横でこたつに足を入れた。高瀬が作ってくれたお雑煮がほかほかと湯気を立てていて、ふいに懐かしくなる。

　日差しの明るさも、ファンヒーターのにおいも、おせちやお雑煮が並んでいるのも、こんなふうに見るのは久しぶりだ。

「ずーっと昔、僕がまだ幼稚園のころ、この部屋でおせち食べたことあるんです。両親も一緒で……楽しかったなあ」

「おじいちゃんと二人になってからは？　向こうで食べてたの？」

「はい、いつものテーブルで。毎年、ほとんど買ってきたものですませてたから。――久しぶりで、嬉しいです」

「おれも久しぶり。こういうのいいねえ」

祝膳用の割り箸を手にして、高瀬がいただきますと手をあわせる。まずは栗きんとんを口に入れ、大げさなくらい幸せそうな顔をした。

「すっごいおいしい」

「よかった。――ん、お雑煮も！　お出汁、おいしいです」

「希央は肉も食べないと。お皿貸して」

甲斐甲斐しく取り分けてくれながら、高瀬は声を弾ませた。

「ごはん食べたら観る映画、なんにする？」

「お正月だし、明るくて、ハッピーエンドのがいいですよね」

「なんかおれたちにぴったりのやつあるかな」

スマートフォンを操作して、二人で画面を覗き込む。

「『アバウト・タイム』とか『エバー・アフター』とか?」

「ラブコメじゃないやつだったら、『ビッグ・フィッシュ』もいいかも」

「いいよね、あれおれも好き。——あ」

スクロールするのをやめて、高瀬が画面を指差した。

「これがいいんじゃない?『ホリデイ』。ちょうど今にぴったりでしょ」

「……僕、それ観たことないんです」

有名な恋愛映画だから、サークル仲間での雑談で何度か話題に上がったことはある。けれど、失恋から立ち直って新しい一歩を踏み出す、という内容が希央には楽しめそうもなくて、珍しく観ずにすませた一本だった。

「ほんと? 優しい内容で楽しいよ。ヒロインが二人出てくるんだけど、希央が似てるのはアイリスかな」

「……たぶん絶対似てないです」

「似てるよ。健気で思いやりがあって、チャーミングだもん」

またすぐそういうことを言うんだから、と恥ずかしくなったが、観てみようかな、という気持ちになった。

つらい恋を終わらせて新しい恋に出会う物語も、今なら楽しめそうだ。

幸せってすごいな、と希央は思う。なんでも前向きになれるし、ちょっとやそっとでは傷つきそうになく、無敵になった気がする。

(――ぜんぶ、高瀬先輩のおかげだ)

恋ができてよかった。

この人を好きになって、好きになってもらえて、よかった。

「じゃあ、『ホリデイ』にしましょう」

「よし、決まり。ビールとポテチも用意して、寒くないようにして観ようね」

腕がくっつく距離で高瀬が幸せそうに笑い、希央は満たされた心地で頭を持たせかけた。

一緒に帰ろう、愛してる

CHARADE BUNKO

「じゃあ、続きは来週やりましょう」

壁の時計を見ながら先輩の田丸（たまる）がのんびり言って、栄恵希央（さかえきお）は頭を下げた。

「はい、よろしくお願いします」

よろしくね、と椅子を回して自分のデスクに向かった田丸の、花と実の飾りがついた髪留めを見やり、使っていたアプリケーションを終了させる。知らずため息が出て、ぎゅっと両頬を押さえた。

新しい職場で働きはじめて、ひと月と一週間ほど。最初の職場でも少しはたずさわった業務だけれど、会社が違うとシステムや期日も違う。ほとんど新卒と変わらないような経験しかないため、前任の田丸が退職日をずらして教えてくれている状態だ。田丸はおっとりとした女性で、「栄恵くんは一度教えたことは間違えないから助かってるよ」と言ってくれるけれど、希央としてはやはり申し訳ない。

もう一度目を向けると田丸は広げてあった毛糸や編針を片づけていて、希央の視線に気づくと首をかしげた。

「なにか質問でもある？　気になることがあるなら今日すませちゃってもいいよ」

「いえ、違うんです。ただ田丸さんが辞めるの、遅くなっちゃって申し訳ないなと思って」

「もう、まだ気にしてたの？」

田丸はふっくらした顔を優しく綻(ほころ)ばせた。

「大丈夫だよ。ほとんど覚えてもらったし、延びたのはたった一か月だもの。それに、こうやって作業もさせてもらえてるから、私はありがたいくらい。最初からバリバリできるけどうちの事務所の雰囲気にあわない人より、栄恵くんみたいな子が来てくれてよかった」

彼女は編みかけの作品の入ったバッグを撫でた。もともと趣味で編み物をしていて、退職後は本格的に編み物作家として活動するのだという。つけている髪留めも彼女のお手製だ。

「私のわがままで辞めたいって言ったんだし、時間の融通がきかないわけじゃないから、来月もわからないことがあったら遠慮なく電話してね」

「ありがとうございます」

「栄恵くんが電話してくれなくても遊びには来ちゃうけど。蝶花(ちょうか)が寂しがるからさ」

蝶花というのは事務所の所長だ。学生時代からの友人らしい。田丸のいたずらっぽい言い方に、希央もほっとして「待ってます」と笑い返した。いい先輩でよかった、としみじみ思う。彼女に教わっていて、いやな気分になったことは一度もなかった。

田丸だけでなく、この事務所は居心地がいい。事務所で働くメンバーはできるだけお互いが気持ちよく働けるように考えて選んでいる、という所長のポリシーのおかげか、プロフェッショナルな空気の中に息苦しくない親しさがあった。

また来週ね、と手を振った田丸にお疲れさまでしたと返して、希央も電源を落とした。午後六時過ぎ。経理担当が残業するのは月に数回だが、デザインチームのメンバーはこれからが本番といった雰囲気で、皆それぞれディスプレイと向きあっている。挨拶をして外に出ると、二月の底冷えする風が吹きつけた。

マフラーを巻き直し、電車で新宿に向かう。いつもならばまっすぐに帰るか、同棲している高瀬琉生に迎えにきてもらうのだが、今日は目的があった。

チョコレートを買うのだ。

二月の、恋愛的イベントといったらバレンタインデーだ。人生で一度も盛り上がったことのない日だけれど、今年は高瀬のために買おうと決めていた。昨年末、彼が「二月あたりには温泉行こうね」と誘ってくれていたのに、仕事を覚えきれなくて結局行けないままになりそうだから、せめてバレンタインデーくらいは、高瀬に喜んでほしかった。

事前に調べておいた百貨店の特設会場を目指すと、入る前から中が混みあっているのが見えた。ほとんどが女性で気後れしたが、よく見れば男性の姿もちらほらあって、意を決して人混みにまじる。

（琉生さん、どういうチョコが好きかなあ）

コーヒーをよく飲んでいるから、甘めのものもいい気がするし、大人っぽくお酒が入ったのもいいかもしれない。それとも、華やかなのが似合うから、見た目が綺麗なのがいいだろうか。

いくつも並んだショーケースの中を見ていると、どれもおいしそうで目移りする。パッケージも凝っていて、シックな色合いから和テイストのものまであった。こんなにあるんだ、と圧倒されながら、人の流れに乗って見ていって、希央はふと目を惹かれて足をとめた。

つやつやと赤い、ぷっくりしたハート型のチョコレートだ。正方形の箱の真ん中におさまったハートのまわりには、小ぶりなボンボンショコラが配置されていた。

（琉生さん、好きそうかも）

華やかな感じとか、ハートの情熱的な色を、彼なら喜んでくれそうな気がした。箱の大きさも手頃で、渡したときの雰囲気がイメージできる。

これにしよう、と決めて、希央は店員に声をかけた。

「すみません。このハートの入ったのをひとつください」

「かしこまりました。贈り物ですか？」

にこにこした可愛らしい笑顔で聞かれ、一瞬答えにつまる。けれど、意を決して頷いた。

「はい、プレゼントです」

バレンタイン用の特設会場に買いにきた男客なのに、ちゃんと聞いてもらえてよかった、と思う。マニュアルどおりの対応だとしても、初めて恋人に贈る立場としてはありがたい。支払いをすませて紙袋に入ったチョコレートを受け取ると、それだけでもときめいた。

（琉生さん、どんな顔するかなぁ）

そう思って薄く頬を染めたときだった。

「あれ、希央？」

当の高瀬の声がして、びっくりして振り返る。高瀬は意外そうな顔をしていて、希央は慌てて紙袋を後ろに隠した。

「る、琉生さん、どうしたんですか？」

「急に打ち合わせが入ったから、ついでに買い物して帰ろうかと思ったんだ。希央も時間が読めないから迎えはいらないって言ってたし」

高瀬は決まり悪そうに頭に手をやった。

「ごめん、もしかして声かけないほうがよかった？」

「あ、いえ……いいんです」

サプライズにはできなかったけれど、バレンタインはたぶん高瀬も期待はしていたはずだ。希央は紙袋を持ち上げて見せ、「当日、渡しますね」と微笑(ほほえ)んだ。

「チョコレート、こんなふうに買うの初めてで、どきどきしてたからびっくりしました。──偶然ですね？」

「ほんと。実はおれもチョコレート買いにきたんだけどさ」

立ち止まった希央たちの横を、迷惑そうに数人通り過ぎていき、高瀬は希央の背中に手を添えた。流れにあわせて、並んでゆっくり歩く。希央を見下ろし、高瀬は幸せそうに唇の端を上げた。

「希央にあげるのはもう買ってあるんだけど、時間ができたから、もっといいのがあるかもしれないと思って寄ったんだ。都内にチョコレート売るとこなんていっぱいあるのに、ばったり会うなんて運命みたいだよね」

「すごい偶然ですよね」

約束してなかったのに、と希央も胸が熱くなった。見つめあうと自然と笑みが漏れ、どちらからともなく手をつなぐ。高瀬の手は、希央よりも少しあたたかかった。

「せっかく会えたんだから、希央が好きなのを選んでもらおうかな」

「でも、もう買ってあるんですよね？　チョコレート三箱は多くないですか？」

「日持ちするし、二人で食べれば大丈夫でしょ。希央との初めてのバレンタインデーだもん、満喫しようよ。ていうか、買いたい。買わせて」

冗談めかしてねだる声を出され、照れくささと甘酸っぱい喜びに首をすくめる。

「じゃあ、小さいやつにしましょう。二人で半分こできそうなのがいいです」

「ほかの二つとかぶらないのがいいよね。希央、苦手なのある？」

「ドライフルーツはあんまり、得意じゃないかも。お酒が入ってるのはけっこう好きです」

「あ、おれも！　ウイスキーボンボンとか、日本酒入ってるのもいいよね」

チョコの好みがあってよかった、と高瀬が笑った。流れを妨げない端に寄ってスマートフォンで検索し、売り場にあるアルコールの入ったチョコレートを探してくれる。真剣な高瀬の表情に、希央はつい見惚れた。

大勢の人がいても埋もれない背の高さとスタイルのよさがかっこいい。整った顔は、買い物に夢中になるこんな場所でも振り返る人がいるくらいだ。落ち着いた色合いのモッズコート姿でも、まるで内側から光を放っているかのように見えた。

（こんな人とおつきあいして、一緒にチョコレート選んだりしてるなんて、嘘みたい）

希央の人生とはまじわりそうもない世界にいるように思えた高瀬なのに、今はスマートフォンを見るあいだもつないだ手をほどかないくらい、親密なのだ。手のひらの温度はすでに馴染んで、あたたかくも冷たくもなく、改めて不思議な気分になった。

（この人が、僕の恋人なんだ）

「思ったより種類は少ないみたいだね。生チョコレートが何種類かと、あとは日本酒が入ってるのと、チェリーブランデーを使ったのがあるみたい」

スマートフォンから顔を上げた高瀬に見つめられ、希央はどきっとしてしまった。見惚れていたのに気づかれるのは、やっぱりちょっと気恥ずかしい。

「えっと、チェリーブランデーの、おいしそうじゃないですか?」

ごまかすように高瀬のスマートフォンを覗き込むと、高瀬は見せてくれながら「じゃあそれにしてみようよ」と言った。

「売り場、奥のほうみたい。——希央、疲れてない?」

「全然大丈夫です」

ぽやんと顔が熱いのを意識しないように、ぐっと拳を作ってみせる。高瀬はスマートフォンをしまって、手をつなぎ直した。

(……琉生さんて、手をつなぐの好きなんだよね)

しょっちゅうつなぐから、希央もこれには慣れてきた。ごった返す会場内を移動して無事に目当てのブランデー入りチョコレートを見つけ、支払いをするときになってやっと手が離れると、自由になった右手が心もとない気さえする。

紙袋を受け取った高瀬の袖を控えめに摑み、それから躊躇いつつ手を握る。高瀬が視線を落としてくすりと笑った。

「希央って、改めて見てもすごく可愛いよね」

「な……なに言ってるんですか、急に」

「普段も可愛いけど、大勢人がいるところで見ると、可愛さを嚙み締められる」

さりげない仕草で、高瀬はつないだ手を持ち上げて、ちゅっとキスするジェスチャーをしてみせた。

「おれのだよって、見せびらかしたくなっちゃうな」

「――先輩ってば、なに言ってるんですか」

かあっと耳まで赤くなって、希央は顔を背けた。自分も同じようなことを考えたけれど、口に出されるのは照れてしまうし、高瀬みたいにさらりと言うのはとても無理だ。

「だって、ちゃんと言わないとまた希央が誤解して悲しくなっちゃうでしょ。だからいっぱい好き好き言うことにしたの」

「わかりました、わかったからもう帰りましょう。おなかすいちゃいました」

「栄恵くん？」

高瀬を引っ張って急かした途端、名前を呼ばれて、希央は咄嗟に手をほどいた。振り返ると、田丸がおっとりと首をかしげていた。

「田丸さん……」

「栄恵くんも買いにきてたんだね。いいの買えた？」

聞きながら、田丸の視線がさりげなく希央と高瀬とを行き来した。希央は手を振りほどいてしまったのを後悔しながら頷いた。高瀬がどんな顔をしているのか、確認する勇気が出ない。

——傷つけなかっただろうか。

心配、させてしまっていないだろうか。

「はい、買えました。田丸さんは？」

反射的にそうしてしまっただけなのだけれど、高瀬はたぶん気にするだろう。もう希央も、彼との関係を他人に知られたくない、と思っているわけじゃないのに。

「私は自分の分と、家族の分と、蝶花にあげる分、全部買えたよ。毎年あげてるんだけど、一応、蝶花には当日まで内緒にしておいてね」

そう言って笑った田丸は、もう一度高瀬に目を向け、会釈した。

「邪魔しちゃってごめんなさい。また来週ね」

「はい、お疲れさまでした」

お辞儀して彼女と別れ、希央はそろそろと高瀬を振り返った。

「……田丸さん、会社の先輩なんです。今、仕事を教えてもらってて」

「うん。苗字、前に希央が話してたのと同じだから、そうかなと思ってた」

高瀬は怒るでもなく、落ち着いて希央の肩に手を回し、向かいからきた人とぶつからないようにしてくれた。混雑した会場を出るまで無言で歩き、希央は思いきって頭を下げた。

「ごめんなさい。僕から手をつないだのに、あんなふうにほどいたりして」

「いいよ、気にしてない」

「田丸さんに見られたくないとかじゃないんです」

やんわりと穏やかな高瀬の声がかえっていたたまれず、希央は「ほんとです」と言いつのった。

「急に知り合いの声がしたからびっくりして振り払っちゃったけど、条件反射みたいなものっていうか、そもそも僕、人前でいちゃいちゃするカップルって見るといたたまれなくなっちゃうほうだから、あんなふうに見えたらやだなっていうだけなんです」

高瀬がふっと顔を俯ける。言い方がよくなかったかも、とさらに焦って、希央は彼の腕を掴んだ。

「でも、さっき琉生さんが見せびらかしたくなるって言ってくれたときはちょっと嬉しかったし、その前は、僕も琉生さん見てて、改めてかっこいいなあ、素敵だな、こんな人と恋人同士なのかなあってどきどきしてて、だからおんなじこと考えてるなあって……」

声が尻すぼみになったのは、掴んだ腕が震えているのに気づいたからだった。よく見ると、高瀬は俯いたまま笑いをこらえていた。

「……琉生さん」

「ごめんごめん。久しぶりに希央のその話し方聞いたから、楽しくなっちゃって」

高瀬はぽんぽんと頭を撫でてくれた。

「手を振り払われたときは、まだトラウマ残ってるかなって寂しかったけど、おれのこと改めてかっこいいって思っててくれたのが聞けたから結果オーライだね」

「……オーライじゃないです」

やってしまった。一気にべらべら喋（しゃべ）るのは、最近はなくなっていたのに。

この癖はなおらないのかな、と微妙に気落ちしていると、高瀬はするりと腰に手を回してきた。

「やっぱり希央って可愛い。好き」

「――」

「おれのこと傷つけちゃったと思って焦ってくれるの、優しすぎて好き」

身をかがめて耳元でそう囁かれて、はっとして彼を見つめる。甘い色を宿した瞳がじっと見つめ返して、高瀬は「嬉しい」と言った。

「こんなに愛（いと）おしい恋人と、じゃあまたねってバイバイしなくてもよくて、同じ家に帰れるなんて最高だよね。――すっごく幸せだから、温泉行けなくなったの、申し訳ないとか思わなくていいからね」

希央は声もなく、胸の中で丸く膨れてくる喜びを感じた。

口に出さない申し訳なさを、高瀬はわかってくれていた。それだけでなく、こんなふうにフォローして、「好きだ」と伝えてくれる。

（すごくすごく、特別な人だ）

約束してないのに偶然会えて、別れずに連れ立って同じ家に帰れる人だ。

喜びでむずむずして、希央はぎゅっと抱きついた。デパートの喧騒の中、周囲に人はたくさんいるけれど、そうしたかった。

「週明け、田丸さんに、一緒にいたのは恋人なんですって、言います」

「それは嬉しいけど、無理しなくてもいいよ？」

「無理じゃないです。——言いたいから、伝えてもいいですか？」

誰かと恋人同士であることを他人に知られるのは、希央にとっては躊躇と忌避感のあることだ。つりあわないとか似合ってないとか、笑われるのはトラウマを抜きにしてもいやだ。でも。

「琉生さんは、自慢の恋人だから」

だから、言いたい、と思う。高瀬が安心して喜んでくれるように、少しだけ胸を張って。

高瀬の肩先に額を埋めると、彼はよしよし、と頭を撫でてくれた。

「希央も自慢の恋人だよ。——食事して帰るのもいいかもって思ってたけど、早く帰りたくなってきちゃった」

「……お惣菜とかだけ、買って帰りましょう」

「いいね」

そうしよう、と同意してもう一度髪を撫でて、高瀬は人目を盗むようにすばやく、頭にキスした。

「愛してる」

あとがき

こんにちは、または初めまして。葵居ゆゆです。

今回は久しぶりに、特殊設定がない、現代ものを書かせていただきました。

ファンタジーやもふもふ、オメガバースなどの設定も大大大好きなのですが、私がBLを読みはじめたころは、隣町に実在しそうな人たちの、普通なのに特別な恋のお話が好きで、いつもときめいていました。すれ違ったり、想いが届かなかったり、あるいは結ばれたりするときの「きゅん」の感覚が好きなのです。もちろん「きゅん」はどんな設定でも味わえるのですが、普通の二人だと、よりクリアに感じられる気がします。なので、『大好き、一緒に住もうよ』でも、読んだ方に「きゅん」をお届けできたら……と思っていたのですが、いかがでしたでしょうか。関係性や気持ちの揺れ動きなど、「わかるわかる」と思っていただけたら嬉しいです。

せっかくなので私が現実世界で好きなものを入れようと思い、映画タイトルを出したりもしてみたので、本筋に関係ないところでも、楽しめる要素があったらいいなと思っています。ちなみに、舞台になっている秋から冬の季節も好きな時期です♪

一番肝心の主人公たち、希央と高瀬も好きになってもらえますようにと祈るような気持ちですが、八千代ハル先生がどちらも素敵な造形に仕上げてくださいましたので、愛していただきやすくなった気がします。カラーイラストのあたたかく優しい雰囲気も、モノクロの美しく切り取られたシーンも宝物になりました。大好きな先生とご一緒できて幸せです。八千代先生、このたびは本当にありがとうございました。

迷いがちでペースも遅い私と上手にお仕事してくださる担当様にも、この場を借りてお礼申し上げます。校正や制作、印刷流通等、本書にかかわってくださった方々もありがとうございました。書籍がいろんな方の力でできあがること、最近改めて実感しています。ひとりで作れるものではないからこそ、少しでもいっぱい楽しんでいただけるお話にしないと……と思っておりますが、いかがでしたでしょうか。どこか一か所だけでも、読んでよかったと感じていただけたら幸いです。

できましたらまた、ほかの本でも皆様にお会いできますように。

葵居ゆゆ

葵居ゆゆ先生、八千代ハル先生へのお便り、
本作品に関するご意見、ご感想などは
〒101-8405
東京都千代田区神田三崎町2-18-11
二見書房　シャレード文庫
「大好き、一緒に住もうよ」係まで。

本作品は書き下ろしです

大好き(だいす)、一緒(いっしょ)に住(す)もうよ

2023年6月20日　初版発行

【著者】葵居(あおい)ゆゆ

【発行所】株式会社二見書房
東京都千代田区神田三崎町2-18-11
電話　03(3515)2311[営業]
　　　03(3515)2314[編集]
振替　00170-4-2639
【印刷】株式会社 堀内印刷所
【製本】株式会社 村上製本所

落丁・乱丁本はお取り替えいたします。
定価は、カバーに表示してあります。

ISBN978-4-576-23065-8

https://charade.futami.co.jp/